La mansión de los horrores

CUCA CANALS

El joven POE

La mansión de los horrores

edebé

© Autoría: Cuca Canals, 2017
© Edición: Edebé, 2017
Paseo de San Juan Bosco, 62
08017 Barcelona
edebe.com

Directora editorial: Reina Duarte
Diseño de la colección: Book & Look

11.ª edición

ISBN: 978-84-683-3486-8
Depósito legal: B. 16086-2017
Impreso en España
Printed in Spain

Queda terminantemente prohibido cualquier uso de esta publicación para entrenar tecnologías de inteligencia artificial (IA) generativa. El autor y el editor se reservan todos los derechos de licencia de uso de esta obra para dicho fin y para el desarrollo de modelos lingüísticos de aprendizaje automático.

Cualquier forma de reproducción, distribución, comunicación pública o transformación de esta obra solo puede ser realizada con la autorización de sus titulares, salvo excepción prevista por la ley. Diríjase a CEDRO (Centro Español de Derechos Reprográficos) si necesita fotocopiar o escanear fragmentos de esta obra (www.conlicencia.com; 91 702 19 70 / 93 272 04 45)

CARTA A LOS LECTORES QUE LEEN UNA NOVELA MÍA POR PRIMERA VEZ

Apreciado amigo o amiga:

Me llamo Edgar Allan Poe, tengo 11 años y vivo con mis padrastros en la calle Morgue de Boston, capital de Massachusetts.

Mi madre murió hace 3 años, pero mi padre está vivo, aunque esto lo averigüé hace poco. Descubrí que se había establecido en Dublín, gracias a la información de un familiar lejano. Al parecer, nos abandonó tras la muerte de mi madre. Tengo 2 hermanos de sangre, Rosalie y William Henry. Los tres vivíamos juntos en un orfanato hasta que nos dieron en adopción hace un par de años y fuimos a parar a familias diferentes. Por suerte, Rosalie vive con sus padrastros a solo dos calles de mi casa. En cambio, William Henry reside en Baltimore, a 399 millas de Boston.

Mis padres adoptivos tienen otro hijo, Robert Allan, de 16 años. No lo soporto. Me odia porque cree que voy a quedarme con el dinero de sus padres. Siempre se está peleando conmigo. Yo estoy convencido de que quiere matarme.

En la escuela me llaman «El Raro», pero a mí me da igual lo que digan los demás. ¿A quién perjudico siendo como soy? ¿Acaso no somos todos un poco raros? ¿Quién no tiene alguna manía? ¿No es peor la gente que declara ser normal y siempre está incordiando a los demás? Yo creo que ser raro significa ser único. Y eso, más que un defecto, me parece una virtud.

Me encanta hacer formas geométricas con todo; con el puré de patata hago cuadrados; con las pequeñas piedras del jardín hago triángulos y en las superficies polvorientas dibujo círculos con la yema de mi dedo índice. No soporto que los objetos estén colocados uno al lado de otro y que se toquen entre sí; por ejemplo, los cubiertos o las tizas de colores. Cuando me voy a dormir, antes de cerrar los ojos, tengo que contar hasta 13. Asimismo, soy algo supersticioso. Cada vez que voy a algún sitio en el que no he estado, tengo que formar un círculo caminando. Por las mañanas siempre salgo de la cama pisando el suelo de mi habitación con el pie derecho. ¡Si un día me equivoco, me quedo en la cama todo el día aunque tengo que inventarme que estoy enfermo porque, de lo contrario, mis padrastros no me dejarían! Durante las noches de tormenta siempre me aseguro de dormir con la tripa cubierta y la ventana bien cerrada. Lo hago desde que leí que los fantasmas te pueden robar el ombligo y devorarte sin piedad.

Otra razón para que me tilden de raro es que mi padrastro es el dueño de una funeraria, un lugar que, por cierto, visito a menudo: cada vez que se enfada conmigo me envía allí a barrer. Eso ha hecho que, además de ser un experto en limpiar suelos, ya haya visto cientos de muertos. En concreto, 491 cadáveres hasta el día de hoy. Al principio me daban un poco de miedo y repelús, pero ahora solo me provocan una respetuosa indiferencia. A veces, cuando acabo de barrer me echo una siesta en alguno de los ataúdes vacíos y agradezco a los difun-

tos que no le digan nada a mi padre adoptivo. Es una de las ventajas de vivir entre muertos: no molestan a nadie. Con la escoba me encanta hacer pequeños círculos de suciedad e imaginarme que el polvo se transforma en enormes escarabajos, cucarachas o arañas que reptan por las paredes. Son tan repugnantes que hasta los cadáveres resucitan al verlos.

Por una imposición de mi padrastro, un hombre muy pragmático, siempre visto de negro. Así, las manchas y el desgaste de mi ropa no se notan tanto y mi madrastra tiene menos trabajo conmigo. Actualmente esta es la lista de la ropa que tengo (¡también me encanta hacer listas!).

MI ROPA

- 6 camisas de color negro
- 3 jerséis de cuello alto de color negro
- 1 chaleco de color negro
- 2 abrigos de color negro
- 2 pares de zapatos de color negro
- 3 calzones de color negro
- 6 camisetas de color negro
- 3 camisones de noche de color negro

Supongo que vestir de negro tampoco ayuda a que me vean como a un joven normal, pero no me importa porque es mi color preferido. Como la oscuridad y la noche. Me encanta adentrarme en la negrura. Cuando cierro los ojos, puedo hacer todo lo que quiero: desde imaginarme que puedo volar hasta enfrentarme a un ejército de bisontes. Sucede lo mismo que cuando escribes. Puedo inventarme mundos irreales, crear personajes maravillosos o incluso torturar a mi hermanastro Robert Allan. Por eso, cuando sea mayor, quiero ser escritor. Y, lo mejor de todo, con la imaginación puedo ver a mi difunta madre siempre que quiero. Se acerca a mí y los dos nos abrazamos.

Una vez en la clase de arte me pidieron que dibujara un plato de sopa y yo hice un rectángulo negro más o menos así:

Le dije al profesor que ahí dentro yo veía perfectamente un plato de sopa. Le pedí que utilizara la imaginación, pero, como la mayoría de los adultos, continuaba sin distinguir el plato.

Entonces concreté más el dibujo:

Hice un círculo y así conseguí que, al menos, se imaginara el plato. Eso sí, no aprobé el ejercicio porque no hubo manera de que viera la sopa.

Tengo un amuleto que, debo reconocerlo, no es muy «normal»: el ojo de un muerto que guardo en un pequeño frasco con formol. Lo robé hace tiempo de la funeraria de mi padrastro y lo llevo siempre en mi bolsillo. Además, me sirve como arma secreta de defensa. Si alguien me molesta, le aproximo el ojo y en el 99 % de los casos logro que me dejen en paz.

También tengo una mascota muy especial, un cuervo al que bauticé Neverland. ¡Es la única palabra que sabe pronunciar! La repite constantemente, así que no me costó mucho decidir el nombre. Vive en un saliente del tejado de nuestra casa y en invierno, cuando hace mucho frío, lo dejo dormir en la buhardilla donde guardamos los muebles viejos. A veces me sigue a los sitios a los que voy, como si quisiera protegerme desde el cielo. Cuando me acompaña a la escuela siempre le pido que se mantenga a una distancia prudente para que nadie sepa que Neverland y yo somos amigos. Mi hermana pequeña Rosalie es de las pocas personas que lo conoce. Mi padrastro y mi hermanastro, por supuesto, no saben ni que existe porque, si se enteraran, estoy seguro de que lo desplumarían y descuartizarían sin pensárselo dos veces.

Además de ir a la escuela, me dedico a vender sustos. Sí, vendo sustos de asustar. A cambio de una pequeña cantidad de dinero, mis clientes pueden elegir uno de los muchos que les ofrezco. ¿Que para qué sirven? Muy fácil. Para amedrentar a la persona que más deteste el cliente. Incluso he hecho un catá-

logo donde explico paso a paso cómo llevarlos a cabo. Vendo desde sustos para sobrecoger a padres crueles o a hermanos mayores aprovechados, hasta sustos para vengarse de profesores injustos o tutores despiadados.

Mi sueño es reunir el dinero necesario para que mis hermanos verdaderos y yo podamos ir a buscar a nuestro padre a Dublín, en Irlanda. Con los sustos ya he ahorrado bastante dinero y sé que ahora voy a poder ganar mucho más. Auguste Dupin, el afamado inspector de la policía de Boston, me pidió ayuda para resolver dos casos: el de las dos mujeres que aparecieron asesinadas en la calle Morgue y el de la vedete Mary Roget, cuyo cuerpo sin vida apareció en el río Charles. Gracias a mi colaboración, las dos veces dieron con el asesino y, a cambio, recibí una generosa recompensa. Ahora espero poder ayudar al inspector en otros casos. El problema es que mi hermanastro, Robert Allan, me ha robado todo el dinero que tenía ahorrado con los sustos y con los 2 casos en los que había ayudado a la policía. No sé cómo, pero pienso recuperarlo.

Y sin más demora, aquí os presento mi tercer relato.
Espero que os lo paséis de miedo.
Muchas gracias y un gran saludo.

Edgar Allan Poe

CAPÍTULO 1

EL ATAÚD

Ser enterrado vivo es, sin ningún género de dudas, lo más terrorífico que le puede pasar a un simple mortal. Eso es precisamente lo que me sucedió a mí. Me quedé encerrado dentro de un cajón poco mayor que las dimensiones de mi cuerpo. El calor es insufrible, no puedes respirar. Te ahogas. Quieres moverte, pero no lo consigues. De repente sufres un ataque de histeria y ansiedad. No sé por qué mis brazos estaban estirados sobre mi cuerpo, con las muñecas cruzadas. Los levanté con violencia, pero chocaron con una tapa de madera que se extendía sobre mí a no más de 6 pulgadas de mi cara. Por unos instantes tuve la esperanza de estar inmerso en una terrible pesadilla. Pero, para mi desgracia, estaba más despierto que nunca, encerrado en un ataúd, muy asustado y convencido de que estaba más cerca de la muerte que de la vida.

Si estaba encerrado en ese maldito ataúd era por culpa de mi padrastro. Todo había empezado unas horas atrás. Él me había castigado a barrer en la funeraria. Yo, como tantas veces, había decidido echar una siesta en uno de los ataúdes aprovechando que era la hora en que salía a hacer gestiones, como ir al banco o a visitar a futuros clientes. Los féretros más cómodos y confortables para dormir son los forrados de terciopelo, aunque en verano prefiero los de seda porque son más frescos. Mi padrastro solía llegar a la funeraria a las 3 de la tarde. Sin embargo, esta vez me pilló in fraganti porque acabó antes de tiempo. Yo estaba durmiendo profundamente cuando, de repente, abrí los ojos sobresaltado. Lo vi frente a mí, escrutándome con cara de muy pocos amigos.

—¿Qué haces durmiendo en el ataúd? Eres un maldito vago.

Con rabia, mi padrastro empujó la tapa hacia abajo. Todo se volvió oscuro. A continuación pude oír como cerraba con llave el ataúd y sus pasos se alejaban en dirección a la puerta.

—¡Socorro, no me dejes aquí encerrado, déjame salir! —bramé histérico.

De golpe, silencio total. Mi padrastro me había dejado en el ataúd. ¿Y si no regresaba a por mí hasta la mañana siguiente? Además, ese día yo no había visto a su ayudante, Rudy Gigant. ¿Y si le había dado fiesta? Era más que probable. Recordé que en la pizarra donde constan los funerales de la semana no había ninguno previsto para ese día. Normalmente, cuando eso sucede, mi padrastro da fiesta a Rudy Gigant.

Metido en esa caja claustrofóbica en la que apenas cabía, sentía cada vez más la falta de aire. ¡Por mis muertos, ya no podía aguantar más! Hasta tenía deseos de vomitar. Noté como las gotas de sudor resbalaban por mi frente. Intenté tranquilizarme. Uno. Dos. Inspirar. Espirar. No lo conseguía. Cerré los ojos e intenté concentrarme en mi difunta madre; los dos corríamos por la orilla de la playa, respirando la fresca brisa del mar. Sin embargo, al instante, todo se fundía en negro; estando ahí encerrado ni siquiera lograba imaginarme a mi madre. Uno. Dos. Inspirar. Espirar. Si no me tranquilizaba, me quedaría sin oxígeno. Nunca lo había pasado tan mal. Pensaba que me iba a morir. Uno. Dos. Inspirar. Espirar. Hasta cuándo me tendría ahí encerrado mi padrastro, me preguntaba. De nuevo empecé a berrear, a golpear la tapa del ataúd con mis manos y mis pies.

—¡Socorro, socorro! ¡Que alguien me ayude!

Cerré los ojos y empecé a contar.

—1, 2, 3, 4…

Muchas veces lo hacía para distraer mi mente, aunque ahí metido el tiempo parecía que se había detenido. Recordé varias historias de muertos enterrados en vida que me había explicado Rudy Gi-

gant. Uno de ellos, un hombre de avanzada edad que finalmente había sobrevivido, permaneció encerrado en la caja 2 días y 2 noches, hasta que el vigilante del cementerio le oyó.

—454, 455, 456, 457...

Ahora comprendía por qué había tanta gente que temía ser enterrada viva. Cada vez me costaba más distraer mi mente con los números. Sentía la angustia de que cada cifra me acercaba más a mi final. ¿Hasta qué número conseguiría aguantar?

—1.211, 1.212, 1.213...

De pronto creí oír como la puerta de la funeraria se abría. Mi corazón se aceleró esperanzado. Con los puños me puse a golpear la caja con todas mis fuerzas al tiempo que gritaba desesperado:

—¡Socorro! ¡Socorro! ¡Estoy aquí!

Alguien caminaba por la funeraria.

—¡Aquí, estoy aquí!

—¿Hay alguien ahí? —reconocí la voz de Rudy Gigant.

—Rudy, sácame de aquí, por favor —insistí.

—¿Dónde están las llaves para abrir el ataúd? —me gritó el ayudante de mi padrastro.

Yo jadeaba desesperado, ya no podía aguantar más.

—No lo sé. Por favor, sácame de aquí, que me muero de verdad.

Por suerte, Rudy Gigant, que había sido ladrón en su juventud, sabe forzar cerrojos. Buscó un destornillador y consiguió abrir sin ninguna dificultad la tapa del ataúd. Por fin vi la luz. Pero lo que realmente me produjo un alivio extraordinario fue sentir el aire. Los primeros instantes boqueaba para tragarlo lo más rápido posible.

Gigant me miró con extrañeza.

—¿Qué hacías ahí encerrado?

Yo continuaba devorando el aire para recuperar el aliento.

—Ha sido mi padrastro —balbuceé.

Rudy Gigant me miró con pena, aunque no dijo nada. Al fin y al cabo era un empleado de la funeraria y no se atrevía a insultar a su jefe por temor a perder su trabajo. Sin embargo, Rudy sabe perfectamente que mi padrastro me odia.

Antes de irme, le di un gran abrazo.

—Me has salvado la vida, muchísimas gracias.

Rudy sonrió.

—No le digas a tu padre que te he sacado yo.

—No es mi padre, es mi padrastro —le corregí.

Me da mucha rabia que digan que es mi padre. Yo tengo un auténtico padre y estoy convencido de que algún día lo encontraré.

Al salir de la funeraria, me topé con Charlie, el joven vendedor de periódicos del *Boston News* al que conocía desde hacía unos meses. Su rostro es blanco como la leche y su diminuta nariz está cubierta por 30 pecas. Gracias a mí, había vendido su primer ejemplar y, desde entonces, nos habíamos hecho amigos. Cada día recorría nuestro barrio cargado con un enorme saco de arpillera repleto de diarios. Me extrañó verlo a esa hora, pero me dijo que el *Boston News* había sacado una edición especial de tarde. Eso significaba que se había producido alguna noticia importante y, por ello, Charlie tenía que trabajar unas horas extras.

—¡Ha desaparecido otro niño! —proclamó, y me mostró uno de los diarios que llevaba en su saco.

¿SECUESTRADO NIÑO DE DIEZ AÑOS?

Este periódico ha sabido de buena fuente que un niño de solo 10 años, de nombre Daniel Faust, lleva dos días desaparecido.

Se teme que este caso tenga relación con el de Michael Bloom, del que no se sabe nada desde hace más de dos meses. El pequeño Bloom, de tan solo 8 años, fue visto por última vez cuando iba a comprar pan tras salir del Colegio Británico, donde estudiaba. La panadería está junto a su casa, pero nunca llegó a dicho establecimiento. La declaración de un testigo, que afirmó haberse cruzado con él a la altura del Puente Nuevo acompañado de una mujer, llevó a pensar que su cadáver podría estar en el río Charles; pero a pesar de la intensa búsqueda, no se ha encontrado ninguna pista más.

Por desgracia, tampoco hay pistas sobre el posible paradero de Daniel Faust. Hemos intentado ponernos en contacto con la Jefatura de Policía de Boston para confirmar si podría tratarse de un secuestro, pero se niegan a hacer declaraciones.

Habrá que esperar a próximas ediciones del *Boston News* para conocer más detalles del suceso.

Yo todavía estaba tan afectado por lo que me había sucedido en la funeraria que tuve que leer la noticia dos veces para comprender su gravedad. Además, un matrimonio con dos hijos se acercó a nosotros para comprar uno de los ejemplares y empezó a leerlo ahí mismo. La esposa se llevó las manos a la cabeza: Daniel Faust solo tenía 10 años, los mismos que su hijo mayor.

—Esta ciudad es cada vez más peligrosa. Pronto no podremos ni salir a la calle.

En ese instante, la señora Grander se acercó a donde estábamos. Eso sí que era mala suerte. Mucha gente la conoce como la Correveidile, por lo chismosa que es, y cuando se pone a hablar nadie la detiene. Como era de esperar, ya conocía la noticia de la desaparición de Daniel Faust y comenzó con su verborrea:

—En efecto, cada vez hay más robos en esta ciudad, más asesinatos y más secuestros. ¿Adónde vamos a llegar? Es indignante. En nuestro propio barrio cada vez roban en más casas, sobre todo por las noches. Y son delincuentes peligrosos, que roban a punta de pistola.

Entonces se acercó más a mí para regañarme.

—Y tú, Edgar, deberías irte a casa con tus padres en lugar de deambular solo. Ya casi va a anochecer.

Su comentario me hizo revivir lo que me había hecho mi padrastro, y salté furibundo:

—No son mis padres, sino mis padrastros.

Y para que me dejara en paz, una vez más le mostré el ojo que guardo en formol. Por suerte, no se

acostumbra a verlo. ¡Parecía que cada vez le daba más asco! Empezó a gritar y se alejó a toda prisa. Yo no pude evitar reírme.

Cuando llegué a casa, fui directamente a la sala donde estaba mi padrastro, le agarré del cuello y con mis manos empecé a estrangularle. ¡Mi venganza estaba siendo terrible! Su rostro estaba más y más rojo, pero a mí no me importaba. Lo que me había hecho era inhumano. Se merecía probar su propia medicina.

Abrí los ojos al tiempo que negaba con la cabeza. Yo siempre sería incapaz de enfrentarme a mi padrastro. Él estaba sentado frente a mí leyendo el periódico. Alzó la vista y me dedicó una sonrisa diabólica. Lo único que me atrevía a hacer era imaginarme que le estaba torturando. Nada más.

Lo peor de todo fue que le contó su «broma» a mi hermanastro Robert Allan, y no paró de reírse de mí. Furioso, me dirigí a la cocina. Una de las pocas cosas que podía calmar mi angustia eran las galletas de mantequilla que preparaba mi madrastra. Para mí, son las mejores del mundo. Cuando me las comía, me olvidaba de todo. Me dirigí al frasco donde solía ponerlas. Vacío.

—Tu hermano se las ha acabado justamente esta tarde —se lamentó mi madre adoptiva.

—No es mi hermano, es mi hermanastro.

Estaba convencido de que Robert Allan se había comido todas las galletas para fastidiarme. Siempre se había portado muy mal conmigo, pero desde que usé el susto de la mujer sin cabeza (uno de mis preferidos) con él, me odiaba más. Y encima, me había robado todos mis ahorros, precisamente, el dinero que tenía guardado para ir con mis hermanos a Dublín en busca de mi verdadero padre.

—Robert Allan y tú deberíais intentar ser amigos —mi madrastra trataba de poner paz entre nosotros. Yo asentí para no disgustarla más. Ella era la única de la familia que se portaba bien conmigo.

Durante la cena se habló de la desaparición de Daniel Faust. Al igual que la señora Grander, mi madre adoptiva estaba muy preocupada por el incremento de delitos en la ciudad. Nos pidió a mi hermanastro y a mí que tuviéramos cuidado 8 veces. Mi padrastro me miró con desprecio.

—Seguro que a más de un padre no le importaría que a su hijo se lo llevaran —comentó.

Esa noche, además, íbamos a cenar bacalao, la peor comida del mundo. Detesto ese pescado; su sa-

bor me repugna y sobre todo me horroriza su fuerte olor. Odio el bacalao, igual que esa manía de mi madrastra de llenarnos el plato. Mi hermanastro reía todas las gracias de su padre. Pero yo, a mi manera, me estaba vengando de los dos. Había colocado debajo de la mesa dos pequeñas velas negras encendidas que tenía guardadas en mi habitación. Según se decía, las velas negras transmitían mala fortuna a las personas que estaban junto a ellas, en este caso, mi padrastro y Robert Allan. Los dos se merecían lo peor. Mi hermanastro continuó atacándome. Me miraba de reojo mientras se dirigía a mi madre:

—Este bacalao está delicioso, deberías prepararlo más a menudo.

En ese instante, mi padrastro husmeó con la nariz.

—¡Huele a quemado!

Yo también pude percibir ese olor. Robert Allan había dado una patada a una de las velas de debajo de la mesa; se había desplazado unas pulgadas y había incendiado una punta del mantel que cubría la mesa casi hasta el suelo. Rápidamente, con varias copas de agua, apagamos el fuego. Creí que mi padrastro me iba a matar, porque su costumbre es culparme de todo. Afortunadamente, encontré una aliada: mi madrastra. Para que mi padre adoptivo no me pegara, se inventó que había sido ella quien había puesto esas velas.

—¿Por qué las has colocado ahí abajo? —le preguntó él, atónito.

Yo estaba muy agradecido a mi madrastra (no era la primera vez que me salvaba), pero temía que esta vez no fuera capaz de dar una explicación creíble. Sin embargo, me equivocaba.

—Es para alejar a los malos espíritus —improvisó con convicción.

Todos seguimos cenando en silencio.

Tras la cena, mi madrastra vino a mi habitación a darme las buenas noches y yo aproveché para agradecerle su ayuda y disculparme.

—Podías haber incendiado la casa —me regañó.

Dejé que me besara 5 veces en la mejilla. Después se fue. Pasados 3 minutos, cuando la casa estaba ya en silencio, mi hermanastro entró en mi dormitorio y se abalanzó sobre mí.

—Yo te juro que algún día te mataré de verdad —me soltó violentamente—. Entonces, sí que necesitarás un ataúd…

Tragué saliva. Lo consideraba capaz de cumplir su amenaza.

Cuando de nuevo me quedé solo, busqué la medalla de porcelana de mi madre. La acaricié dibujando 15 círculos con la yema de mi dedo. Qué sería de mí sin su recuerdo. Y sin mi apreciado cuervo Neverland. Se acababa de posar en el alféizar de la ventana para saludarme. Todas las noches venía a verme. Abrí la ventana para que entrara y, dando un salto, se posó en mi hombro. Me pellizcó repetidamente el cuello con su afilado pico. Le di 7 avellanas (su manjar favorito) y le pedí que se alejara. Tenía miedo de que mi hermanastro entrara de nuevo en mi habitación. Neverland, sin embargo, quería jugar conmigo. Volví a pedirle a Neverland que se alejara un montón de veces y, como no me obedecía, perdí los nervios y le grité como nunca lo había hecho:

—¡Vete, maldito cuervo!

Neverland me miró durante unos segundos y se dirigió a la ventana. Se situó en el alféizar. Yo me arrepentí enseguida de mis malos modos y me acerqué a él justo cuando alzaba el vuelo.

—Neverland, perdóname. Hoy no he tenido un buen día.

Ni siquiera sabía si me había escuchado. Cerré la ventana y me estiré en la cama, triste y agotado. De repente, abrí los ojos sobresaltado. Noté unos ruidos extraños que provenían del exterior. Bajo mi habitación, situada en el primer piso, hay un abeto, tan grande que las ramas casi entraban por la ventana.

Primero pensé que sería Neverland y me alegré, porque así podría disculparme por lo mal que lo había tratado. Pero no había rastro de él. Después pensé que eran simplemente las ramas las que habían producido esos extraños ruidos. Se había levantado viento. Fue entonces cuando me pareció vislumbrar una sombra desplazándose. ¿Y si era alguien que quería hacerme daño? ¿Robert Allan sería capaz de haber enviado a alguien para matarme? ¡La respuesta era que sí!

Vinieron a mi cabeza los comentarios de que Boston era una ciudad peligrosa; no solo por los asesinatos recientes en los que me había visto involucrado, sino que recordé las palabras de la señora Grander: que se habían producido varios asaltos en algunas casa de nuestro barrio con extrema violencia. Gracias a la luna, pude ver con claridad como la sombra subía en dirección a mi ventana. Era gigantesca. Noté como mi corazón se aceleraba temiéndome lo peor.

CAPÍTULO 2

¿SECUESTRADOS O ASESINADOS?

La sombra se aproximó más a la ventana. Yo me escondí tras la cortina temiendo ser atacado. Mi corazón latía descontrolado. De repente vi su enorme mano reptando. Era negra como el carbón y se acercaba al cristal de la ventana. Cerré los ojos y…

—Edgar, soy yo —oí.

Identifiqué la voz de inmediato. Se trataba de Kevin, el joven agente de la policía al que conocí mientras investigaba los crímenes de la calle Morgue.

—¡Me has dado un susto de muerte! ¡Y trepar un abeto como este es muy peligroso! Si te caes, te matas —le recriminé.

Y comprendí por qué me había parecido una sombra: iba vestido de negro de arriba abajo. Incluso se había pintado la cara de negro.

—Lo siento. Quería pasar desapercibido —se disculpó.

Le ayudé a que se sentara en el alféizar de la ventana. Yo mismo había pedido a Dupin que siempre que me hiciese llamar fuera discreto, porque, si mi padrastro se enteraba de que colaboraba con la policía, me ganaría una paliza. ¡Pero de ahí a que Kevin se jugara la vida subiéndose a un árbol...!

—El inspector Dupin quiere verte mañana —me confirmó.

Ya más tranquilo, le pregunté si sabía de qué se trataba.

—Tiene que ver con la desaparición del pequeño Daniel Faust.

Al día siguiente, tras acabar los deberes de la escuela, me dirigí a la Jefatura, sede central de la Policía de Boston, un viejo edificio de dos plantas, sobrio y algo deteriorado. Para llegar hasta ella tengo que atravesar el parque de las Bellas Artes y caminar 4 manzanas en dirección al puerto. En total, unos 1.850 pasos.

Cuando me adentré en el vestíbulo principal, vi a Kevin tras el mostrador. El joven policía me acompañó a lo largo de un pasillo que desemboca en una puerta donde está grabado, con elegantes letras de oro, el nombre de Auguste Dupin. Me hizo pasar a su despacho y

me pidió que le esperara allí. No me importaba. Podía pasarme horas y horas observando sus estanterías, repletas de extraños artilugios relacionados con la investigación policial. Estando ahí, siempre descubro algo nuevo: armas mortíferas, retratos de delincuentes y ¡hasta el cerebro de un asesino! Dentro de las vitrinas se agolpan todo tipo de objetos, de diferentes tamaños y clases. Me fijé en un aparador nuevo dedicado exclusivamente a los venenos más peligrosos del mundo. Algunos de los frascos contenían líquidos y polvos de hermosos colores. Junto a los recipientes, una etiqueta con una pequeña explicación de sus características. Me sentí atraído por todos esos venenos y los escruté uno a uno. El primero que vi fue la cicuta. Según leí en la etiqueta, los griegos ya lo utilizaban en la Antigüedad y se extrae de una planta que huele a orina; es el veneno más rápido y letal del mundo. El segundo frasco contenía arsénico, presente en muchos minerales, por lo que no resulta difícil encontrarlo; en dosis altas puede causar la muerte en un par de horas. El tercer frasco era de aconitina, conocida como la reina de los venenos; su ingesta produce vértigos, calambres, arritmias, parálisis y, finalmente, te mata en pocas horas. El cuarto bote era el de cianuro, muy posiblemente el veneno más famoso del mundo; una dosis alta produce dificultades respiratorias, convulsiones y fallo cardíaco en solo unos minutos. El último frasco era de estricnina, que se extrae de un árbol llamado *Strychnos nux-vomica;* es muy amargo y se camufla con licores o café; mata en solo una hora.

Tras los venenos, mis ojos se dirigieron al esqueleto que estaba de adorno junto a la mesa. Involuntariamente, ya casi lo había desmontado 2 veces y me había jurado que no volvería a romperlo. Así que retrocedí 3 pasos para estar lo más lejos posible de él.

Estaba acercándome a otra de las estanterías cuando la puerta del despacho se abrió. Era Auguste Dupin, que, como siempre, me saludó afectuosamente. Dio una calada a su pipa tallada en caoba y se sentó frente a su mesa. Observé con detenimiento al inspector. De barba blanca como Santa Claus y cejas muy pobladas, parecía un entrañable anciano. Su nombre, de origen francés, procedía de su abuelo paterno, Jacques Dupin, parisino de nacimiento, aunque él había nacido en Boston unos 60 años atrás. Sin tiempo que perder, fue al grano.

—Me han asignado dirigir el caso de la desaparición de Michael Bloom —hablaba con parsimonia— y habrá una buena recompensa para los que ayuden a su resolución.

Desde el caso de Mary Roget, yo estaba ansioso por colaborar de nuevo con Dupin, no solo porque era apasionante trabajar con él, sino también para reunir el dinero suficiente para viajar a Dublín, donde estaba mi padre. Le miré con extrañeza.

—Pensaba que le habían asignado el caso de Daniel Faust, el niño que desapareció hace unos días. Ayer leí la noticia en el periódico e imaginaba que por eso me había llamado.

El inspector me interrumpió.

—Yo no he dicho que no lleve el caso de Daniel Faust. No vayas tan deprisa, jovencito. Lo primero es averiguar si ambos casos están relacionados.

Empezamos por tanto repasando lo que sabíamos de la desaparición de Michael Bloom, el niño de 8 años que estudiaba en el Colegio Británico y residía en el barrio del Norte, colindante con el de las Bellas Artes, donde yo vivía. Su madre le envió a por pan tras las clases porque ese día la sirvienta que realizaba habitualmente las compras de la casa estaba enferma. Pero su hijo nunca llegó al establecimiento.

Dupin me mostró el retrato a carboncillo que estaban utilizando para buscarlo. Michael tenía un rostro dulce; parecía un niño afable y tranquilo. Además, según me contó el inspector, estaba muy apegado a sus padres, su carácter era frágil y lloraba con facilidad. El cartel con su imagen había sido distribuido por escuelas y establecimientos de toda la ciudad. Recordé haberlo visto en la tienda de comestibles adonde mi madrastra solía enviarme a comprar. Sin embargo, a pesar de que cada vez se ofrecía más dinero de recompensa, dado que sus padres eran dueños de una de las joyerías más importantes de Boston y tenían muy buena posición social, apenas había pistas.

—Si se trata de un secuestro, seguro que el móvil será el dinero —reflexioné en voz alta.

Dupin intervino:

—Sí, eso era lo que pensábamos...

Hizo una pausa, dio una calada a su pipa y acto seguido añadió:

—Hasta que despareció Daniel Faust.

Al parecer, la policía había intentado ocultar este hecho para no causar alarma social, pero la redacción del *Boston News* se había enterado y había publicado la noticia, sin duda, pensando solo en sus beneficios económicos.

—En realidad este segundo niño no lleva desaparecido dos días, como se ha dicho —me confesó el inspector—. Hace una semana que sus padres no saben nada de él.

También me informó de que, a diferencia de Michael Bloom, Daniel Faust era de origen muy humilde. Vivía en el barrio de los Trabajadores y era el menor de 7 hermanos. La madre casi no podía cuidar de él, porque trabajaba en una fábrica textil, y el padre era funcionario en la cárcel de Charles Street, en la zona oeste de la ciudad. En este punto, Dupin se detuvo y, cuando el inspector se detenía, significaba que tenía algo importante que decir.

—Ser carcelero es una profesión que acarrea muchos enemigos. Cuando alcanzan la libertad, algunos presos juran venganza contra las personas que los han estado vigilando, sobre todo si los han tratado mal, cosa que ocurre en ocasiones. El problema —continuó con su razonamiento— es que el padre de Daniel Faust lleva más de 15 años trabajando en esa prisión. Va a ser imposible investigar a todos los exconvictos que ha conocido.

Tras plantear los dos casos, intentamos establecer un punto en común entre ellos. No logramos encontrarlo, salvo por el hecho de que las víctimas eran niños y vivían en Boston. Es más, tenían vidas opuestas. No vivían en el mismo barrio, no compartían colegio, ni curso, ni aficiones, ni clase social… La familia de Michael Bloom era adinerada. En cambio, la de Daniel Faust no tenía casi ni para comer. Por tanto, si los dos casos estaban relacionados, el móvil no sería el dinero. Cabía la opción de que las desapariciones de uno y otro no tuvieran ninguna relación, aunque tanto Dupin como yo intuíamos que la misma persona los había raptado. Por desgracia, que uno de ellos fuera de procedencia pobre nos llevaba a una triste conclusión: si el secuestrador no lo había hecho por dinero, podía significar que era un perturbado mental.

—¿Y si los han asesinado? —concluí.

El inspector asintió débilmente. Deberíamos considerar la posibilidad de que los dos niños estuvieran ya muertos. Ese pensamiento hizo que el vello de los brazos se me erizara.

CAPÍTULO 3

EN BUSCA DE PISTAS

Dupin me contó que Daniel Faust fue visto por última vez en el patio de la escuela Saint Joseph a la hora del recreo. Vivía a solo 3 manzanas del colegio y sus profesores pensaron que se había ido a su casa sin avisar, pero no apareció en las clases de la tarde, así que todo apuntaba a que pudo ser secuestrado estando en el centro. Incluso un compañero aseguró haber oído sus gritos al final del recreo. Por otro lado, una anciana afirmaba haber visto a Daniel cerca de la escuela Saint Joseph acompañado por una mujer fornida, de mediana edad y de cabello blanco o rubio.

En el caso de Michael Bloom, al haber transcurrido más tiempo, se habían acumulado varios testimonios que declararon haber visto al secuestrador, aunque, como siempre que se ofrecía dinero, la policía debía ser muy cauta. Dos testigos coincidieron en decir que habían visto a Michael acompañado por una mujer, pero otros dos afirmaron que se trataba de un hombre, y uno de ellos era el testimonio que se consideraba más fiable: el de Vincent Brown, de 31 años, porque describió físicamente al niño y cómo iba vestido con tanto detalle que nadie dudó de que lo había visto de cerca. Fue él quien contó que se había cruzado con él antes del anochecer cerca del río Charles a la altura del Puente Nuevo. Eso había hecho que el agente que llevaba el caso entonces creyese que Michael Bloom podía hallarse en el fondo del río Charles y hubiese mandado buscarlo en sus profundidades durante varias semanas…, sin ningún resultado.

Auguste Dupin pidió a Kevin que nos trajera las pruebas que había sobre el caso de Michael Bloom. En el despacho hacía calor y, mientras esperábamos, el inspector abrió la ventana. En ese momento me acorde de Neverland y de cómo le había gritado la noche anterior. Solo esperaba que me perdonara.

Kevin apareció instantes después con una caja de cartón. Me miró con sonrisa irónica tras echar una ojeada al esqueleto que estaba junto al inspector y me susurró al oído:

—Te felicito por no haberlo tirado al suelo… todavía.

—Hoy vas a perder —le advertí.

No pude evitar reírme en sus narices convencido de mi próxima victoria. Kevin había hecho una apuesta conmigo: estaba convencido de que yo volvería a romper el esqueleto. Si el joven agente ganaba, yo le tendría que dar una docena de galletas de mantequilla de las que me preparaba mi madre; a él también le chiflaban. Si perdía, me regalaría 3 tabletas de chocolate.

Cuando Kevin salió del despacho, Dupin me confesó que había esperado a estar conmigo para ver por primera vez esas pruebas recogidas por su predecesor. La caja de cartón contenía únicamente dos pruebas físicas de Michael Bloom:
1) Un reloj de bolsillo de plata que había pertenecido a Michael Bloom. Había sido el obsequio de sus padres por su último cumpleaños y estos reconocieron habérselo regalado. En la tapa del reloj, además, estaba escrito su nombre. Se debía de haber golpeado al caer sobre una superficie rígida, porque el cristal estaba roto y el mecanismo no funcionaba. Lo encontró un agente de la policía cerca del Colegio Británico, donde el niño estudiaba.
2) Una gorra gris de fieltro de Michael Bloom. Los padres también confirmaron que era la que llevaba el día en que desapareció. Fue Vincent Brown quien la encontró en la zona del Puente Nuevo, cerca del río Charles, y la entregó a las autoridades.

El inspector me tendió la lupa y una de las pinzas que había sobre su mesa.

—Examina la gorra.

Yo estaba feliz ahí sentado, colaborando con uno de los investigadores más famosos del mundo. Mientras él analizaba el reloj de bolsillo, me dediqué a escrutar la gorra. Después del caso de Mary Roget, había aprendido que era práctica habitual de los delincuentes poner pistas falsas. Por tanto, en primer lugar debíamos confirmar que eran verdaderas. Tras estudiarlas de cerca, tanto a Dupin como a mí nos pareció que eran fiables. Además, en ambos casos los padres, que estaban fuera de sospecha, habían reconocido que pertenecían a su hijo.

La gorra llevaba una amplia visera y no tenía nada de particular, solo un olor que me resultaba repugnante y familiar al mismo tiempo, aunque no sabía exactamente por qué. En cuanto al reloj de bolsillo, nos fijamos en que había quedado parado a las 5.

—Un momento —proclamó Dupin frunciendo el ceño—. Estoy pensando que Vincent Brown, considerado hasta ahora como testimonio clave del caso, dijo haber visto a Michael Bloom acompañado de un hombre.

Miré al inspector con extrañeza. Él prosiguió con su deducción:

—Vincent Brown manifestó haberse topado con el presunto secuestrador y su víctima junto al río Charles, en el Puente Nuevo, antes de que anocheciese, sobre las seis de la tarde. Entonces, algo no cuadra. El lugar donde se encontró el reloj está muy lejos del río, a más de dos horas andando. El reloj sin duda se detuvo cuando cayó al suelo. Lo encontró un policía la misma semana de su desaparición cerca de la escuela, y marcaba las 5. Eso significaba que el niño, acompañado por el secuestrador, solo pudo alcanzar el Puente Nuevo, en la zona del río, como muy pronto a las 7 de la tarde, dos horas después y cuando ya era de noche. Vincent, en cambio, aseguró que todavía era de día cuando vio al presunto secuestrador.

Contemplé a Dupin fascinado por su brillante deducción. No obstante, él calmó mi entusiasmo. Antes de cantar victoria, me indicó que había que volver a interrogar a Vincent Brown por si simplemente se había confundido con la hora.

—Que quede entre nosotros, pero ha habido algunos descuidos en el equipo de policía que ha dirigido el caso hasta ahora. Tal vez no apuntaron bien lo que dijo el testigo. Tendremos que repasar todo lo que han investigado —me advirtió Dupin.

¡El inspector tenía toda la razón del mundo! Unos minutos más tarde yo mismo confirmé que el anterior equipo había sido muy descuidado. Al volver a examinar la gorra de fieltro, encontré algo de color verde escondido tras la cinta que rodeaba el interior para ajustar la medida de la cabeza. Excitado, lo tomé con las pinzas. Era una diminuta brizna verde de menos de una pulgada. Se la mostré enseguida a Dupin.

—¡Muy bien, joven! Sospecho que acabas de encontrar una pista importante. Nuestra misión ahora es determinar qué es.

Coloqué esa brizna de color verde sobre un papel y la observé detenidamente con la lupa. Sin embargo, al ser tan minúscula, resultaba difícil identificarla. Se la pasé al inspector para que diera su opinión. Arrugó la frente, concentrado.

—Yo diría que es una planta —concluyó tras su examen—. Deberemos averiguar a qué especie pertenece y, para eso, pediremos ayuda a algún especialista en botánica.

Salí del despacho satisfecho por haber encontrado esa pista. Y también por no haber roto el esqueleto. No tenía la más mínima duda de que ganaría la apuesta con Kevin.

Iba tan relajado que, sin darme cuenta, di un portazo, lo que unido a la corriente de aire provocada por la ventana abierta hizo que se desmembrara parte del esqueleto. Los huesos del brazo izquierdo y la mano cayeron al suelo. Yo me quedé quieto como una estatua, muerto de vergüenza. Por suerte, Dupin no se enfadó conmigo. Una vez

más demostraba su carácter afable. Incluso soltó una carcajada.

—Creo que ese esqueleto y tú no hacéis buenas migas —me dijo riéndose, y a continuación añadió—: No te preocupes, venga. Como te he dicho en más de una ocasión: más muerto que ahora ya no lo estará, así que tranquilo.

Entre los dos recogimos los huesos y los colocamos de nuevo. Al fondo del pasillo, Kevin me observaba con una sonrisa victoriosa. Él había ganado la apuesta.

Dupin encargó a Kevin que fuera a hablar con Vincent Brown para interrogarlo y me pidió que le acompañara. Era domingo, así que no tuve problemas en ir. A mi madrastra le dije que iba con uno de mis compañeros de clase a hacer un trabajo.

Queríamos que el testigo confirmara la hora en que había visto al presunto secuestrador y a Michael Bloom. Según leímos en la ficha donde estaba transcrita su declaración, Vincent Brown era panadero de profesión, aunque actualmente estaba sin empleo y sobrevivía haciendo trabajos ocasionales. Estaba casado y era padre de 7 hijos. Su casa, de madera y de 2 plantas, despintada y destartalada, se encontraba cerca de la zona del puerto.

Vincent Brown salió a la puerta a recibirnos. Estaba solo en la casa.

—¿Es usted el señor Brown? —preguntó Kevin.

El hombre escrutó su uniforme de arriba abajo con desconfianza.

—No me gusta que la policía se presente en mi domicilio. No he hecho nada.

Su aliento olía a alcohol. Sin duda había bebido alguna copa de más.

Yo intervine:

—No le van a detener ni venimos por nada malo. Solo queríamos hacerle unas preguntas relativas al testimonio que usted prestó sobre la desaparición de Michael Bloom.

Tras dudar unos segundos, nos invitó a entrar. Al hacerlo, dibujé un círculo con mis pasos, lo que provocó que Vincent Brown me observara con extrañeza. ¿Por qué nadie entendía que hiciera un círculo al entrar en casas donde no había estado antes? Le dije que era supersticioso, pero no pude evitar que pensara que yo era muy raro.

Me senté en un pequeño sofá junto a Brown. La sala estaba en el más completo desorden. Había ropa por los suelos y suciedad por todas partes. Kevin tomó la palabra:

—¿A qué hora vio usted al niño Michael Bloom el día en que fue secuestrado?

Brown se quedó paralizado durante 7 segundos.

—Yo ya dije lo que tenía que decir —su voz de repente se había llenado de miedo.

Se levantó y retrocedió unos pasos. Kevin y yo nos miramos sin comprender. Sudaba. Se movía de un lado a otro de la estancia, tocándose el pelo compulsivamente hasta que, por fin, se detuvo. Hizo un gesto de dolor y nos preguntó si podíamos vernos otro día porque la cabeza le dolía terriblemente.

—No consigo recordar nada —balbuceó.

Ni Kevin ni yo nos creímos esa repentina jaqueca, pero no podíamos hacer nada para obligarle a hablar. Al menos, de momento. El joven policía carraspeó, probablemente para parecer más adulto, y dejó caer con tono amenazador:

—Volveremos con una orden para que, si no es por las buenas, declare por las malas.

—Ya sabéis dónde está la puerta —replicó Brown señalando la entrada con la cabeza.

Kevin y yo salimos de la casa. Los dos coincidíamos en que nos estaba ocultando algo, ¿pero qué?

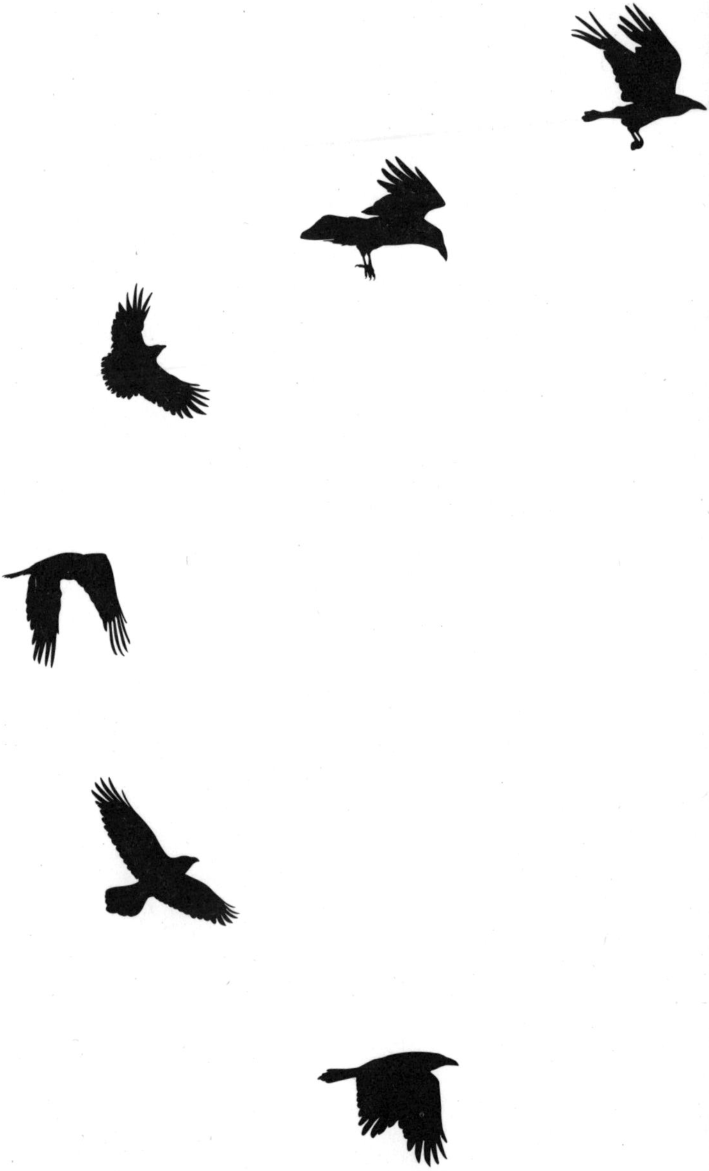

CAPÍTULO 4

TODOS ESTAMOS EN PELIGRO

A la mañana siguiente, cuando mi hermana Rosalie y yo nos dirigíamos a la escuela, vi a Charlie, mi amigo vendedor de periódicos del *Boston News*. Como hacía a menudo, estaba frente al portón principal del colegio pocos minutos antes de que abrieran las puertas. Se acababa de quitar el tablón de madera que llevaba en el pecho donde se anunciaba la desaparición del niño Daniel Faust. Debido a que el cartel pesaba mucho, de vez en cuando tenía que parar para descansar. La noticia del posible secuestro había corrido como la pólvora. Muchos de los niños de mi escuela iban acompañados de sus padres y todos querían saber si había novedades sobre el caso. Charlie vendió ese día 10 periódicos, cuando lo normal era que vendiera dos o tres. ¡Y podían haber sido muchos más si la gente no los compartiese!

Varias personas se agolparon alrededor del padre de Duane, el niño más corpulento (y detestable) de mi clase. Había adquirido un ejemplar y se disponía a leerlo en voz alta.

EL MISTERIO DE DANIEL FAUST

Por desgracia, la ciudad de Boston ha sido testigo en los últimos tiempos de varios crímenes violentos. Todos tenemos muy presente el asesinato de Mary Roget, pero todavía recordamos el caso de Clarence Swerd, tristemente célebre; causó estupor cuando en el jardín de su casa se encontraron los cadáveres de su esposa y sus hijos. O el de Rose Cater, más conocida como la Asesina de Hombres, que todavía se encuentra en búsqueda y captura. Por eso, desde estas páginas, denunciamos que la policía no hace lo suficiente por resolver estos casos, algo que todavía resulta más indignante cuando las víctimas son niños. Nos preguntamos cuánto tiempo más necesitarán las autoridades para localizar a Michael Bloom, que ya lleva más de dos meses en paradero desconocido. Y ahora la historia se repite con Daniel Faust, el segundo niño desaparecido, que fue secuestrado probablemente en su propia escuela. Según hemos sabido, además, pertenece a una familia muy humilde, lo que nos lleva a pensar que el secuestrador no busca una recompensa económica. ¿Nos encontramos de nuevo ante un delincuente perturbado? ¿Y qué está haciendo la policía de Boston para detenerlo?

Liderados por el padre de Duane, todos los adultos mostraron su indignación con la policía, algo que yo, pensando en Kevin y Dupin, no podía permitir.

—Tenemos que darles tiempo para que investiguen —les grité.

Alguien me interrumpió.

—¿Qué dices, niño? Son unos ineptos y punto.

—Ahora que Auguste Dupin ha tomado las riendas del caso, estoy seguro de que muy pronto detendrán al culpable —argumenté con firmeza.

Mi hermana Rosalie demostró una vez más que era mi mejor apoyo. Eso sí, a su manera, repitiendo como un loro lo que yo había dicho.

—Estoy segura de que muy pronto detendrán al culpable.

El padre de Duane me miró fijamente. Y no solo él; me sentía como si todos los ahí presentes se hubieran puesto en mi contra.

—¿Y tú cómo lo sabes? —me preguntó con extrañeza.

De repente fui consciente de que había hablado demasiado. Por suerte, ante mi silencio, siguió leyendo la noticia.

Recomendamos a todos los padres que no dejen a sus hijos solos y que estén atentos a cualquier indicio que pueda conducir al secuestrador o secuestradores de los dos niños. Naturalmente, les pedimos que avisen a la policía en caso de tener alguna pista; si bien, lanzamos un ultimátum a las autoridades: o resuelven el caso de los dos niños desaparecidos pronto o el pueblo se ocupará de hacer justicia.

Los padres, a cada línea que leían, se mostraban más y más alterados. Ese mismo día exigieron reunirse con el director. Saber que el segundo niño podía haber sido secuestrado en el recinto escolar les causaba una gran inquietud. Ante la insistencia general, el director les prometió hablar con la policía para solicitar vigilancia en el centro, algo que ya había conseguido los primeros días en que desapareció Michael Bloom. Además, les garantizó que, en caso contrario, contratarían vigilantes privados.

En las clases, los profesores también aleccionaron a los alumnos de cómo debían comportarse cuando estuvieran fuera de la escuela. Barbara Lance fue quien se encargó de hablarnos en mi aula. Yo la consideraba una de las profesoras más cursis del mundo, aunque últimamente estaba mucho más callada y no se mostraba tan ridícula como de costumbre. Se decía que su tristeza se debía a que su prometido, un comerciante de productos alimenticios, viajaba frecuentemente por todo el mundo: de Alaska a Europa y a muchos países asiáticos. Por ello, la profesora de Gramática apenas lo veía. Había quien incluso sospechaba que ese pretendiente era una invención suya para no reconocer que era una solterona. Varios compañeros la habían visto llorar. Para mí, su estado significaba dos ventajas importantes: la primera, que no teníamos que soportar sus frases cursis y la segunda, que apenas nos castigaba. Era como si le faltara brío.

Conmigo había estado especialmente disgustada por una broma que le gasté, a pesar de que nunca pudo probar que fui yo el autor. Había colocado una chincheta en su silla justo antes de que entrase en la clase. Cuando se sentó, emitió un grito tremendo. Todos en la clase nos reímos.

No obstante, ese día parecía que había recobrado su energía. Nos ordenó copiar la lista con las recomendaciones de seguridad que debíamos seguir, e insistió en que, además, deberíamos memorizarla.

LISTA DE RECOMENDACIONES DE SEGURIDAD

1) No hablar con desconocidos.

2) No aceptar ningún regalo de personas extrañas.

3) No ir por calles solitarias.

4) Evitar estar en la calle al oscurecer y, mucho menos, solos.

5) Chillar con fuerza si alguien trata de agarrarnos.

6) No bajar la guardia ni siquiera en la escuela.

A la hora del patio, se continuaba respirando cierta tensión. Muchos de nosotros, sin darnos cuenta, mirábamos de un lado a otro como si en cualquier instante alguien se pudiera acercar a nosotros y raptarnos.

Sin embargo, Sophia Prims, una amiga de la clase de mi hermana Rosalie, fue al lavabo con toda la tranquilidad del mundo. No sospechó en ningún momento que la nota que había recibido unos minutos antes pudiese ser una trampa. Decía lo siguiente:

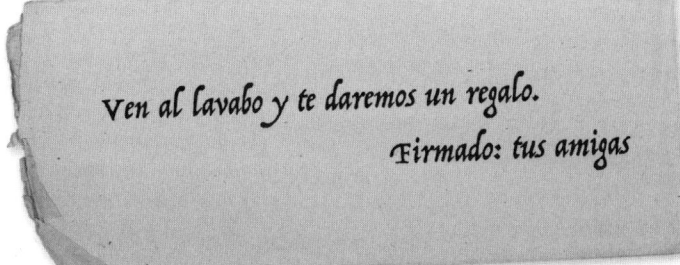

Ven al lavabo y te daremos un regalo.
Firmado: tus amigas

Como se acercaba su cumpleaños, Sophia pensó que iba a recibir un regalo de sus compañeras. Muy ilusionada, entró en el lavabo, pero allí no había nadie. Decidió esperar unos minutos y aprovechó para lavarse la cara. Al alzar la mirada, emitió un grito desgarrador.

En el espejo vio reflejado a un hombre cuyo rostro estaba cubierto por una terrorífica máscara de hierro.

—Cállate —proclamó con voz ronca.

Sophia Prims, muerta de miedo, empezó a llorar convencida de que se trataba del secuestrador de niños que quería llevársela. El agresor, de gran envergadura, soltó una siniestra carcajada y avanzó dos pasos para acercarse más a ella. Sophia se defendió propinándole puñetazos.

—¡Socorro! ¡Déjeme! —berreó.

Forcejearon unos instantes hasta que el hombre logró taparle la boca. Sophia, entonces, se desasió y le mordió en el brazo, pero solo consiguió que el tipo la agarrara con rabia y la inmovilizara.

—Te vas a venir conmigo —bramó—. Y vas a morir.

Sophia lloraba desconsoladamente, pero todavía no se rendía y se puso a darle patadas. El agresor la agarró con ambas manos por el cuello. Sophia sentía que no podía respirar. Por unos instantes se le ocurrió que podía ser Duane, al que le gusta meterse con los más pequeños. Sin embargo, desechó la idea pensando que ni siquiera ese abusón se atrevería a llegar tan lejos. Sophia Prims creyó que iba a morir. Y con las últimas fuerzas que le quedaban, soltó un grito escalofriante.

Ann Briane caminaba de un lado a otro del patio de las chicas cuando le pareció oír unos gritos que provenían del baño principal. Era una de las 4 cocineras que trabajaban en la escuela y servían la comida a los niños. Por ser una mujer de complexión fuerte, el director le había pedido que, hasta que se resolviesen los casos de los dos niños desaparecidos, hiciera de vigilante en el tiempo de recreo. Casi todos los alumnos le tenían un gran aprecio por su carácter afable y bondadoso. Nunca alzaba la voz y, de vez en cuando, perdonaba la verdura a todos aquellos que se lo pedían.

Corriendo, la cocinera fue hasta la puerta del baño de donde provenían los gritos. Le costó unos

minutos entrar porque el agresor había colocado algo para impedirlo. Así, este tuvo tiempo de saltar por la ventana, aprovechando que estaban en la planta baja. Sophia, en cuanto se vio libre, se encaramó a dicha ventana y le vio correr hasta perderse por el fondo de un pasillo.

Todavía con el susto en el cuerpo, se abrazó a Ann Briane. Lo que no le dijo fue que, viéndole de espaldas, le había parecido identificar a Duane, porque no tenía la certeza de que fuera él. Además, temía las represalias si se chivaba.

Antes de que se acabase el recreo, Rosalie vino a verme acompañada de Laura Griffin, una compañera de su clase, de ojos verdes y piel muy blanca. Entre las dos me contaron lo que le había sucedido a Sophia.

—¿Estás segura de que se trataba de Duane?—le pregunté.

Sophia negó con la cabeza. Laura intervino:

—Le ha mordido en un brazo.

Yo le prometí que intentaría averiguar si Duane tenía ese mordisco, pero le advertí de que no iba a ser fácil. En otoño, todos llevamos manga larga.

A última hora, en clase de Arte, el profesor Joseph Puk nos pidió que dibujásemos un árbol con acuarelas. Me di cuenta de que, gracias a esa tarea, averiguaría si Duane tenía alguna herida en el brazo. Para ello, debía acabar antes que nadie. En efecto, en un minuto ya tenía dibujado el árbol. Hice un rectángulo con el color negro. Avisé al maestro, quien se acercó para ver lo que había hecho.

—¿Estás seguro de que esto es un árbol? —me preguntó.

Yo asentí con la cabeza. Le mostré las diferentes partes del árbol:

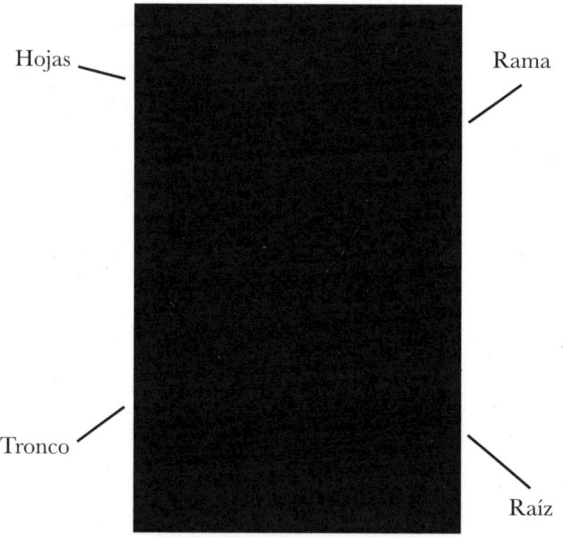

Él no me dijo nada; creo que ya me había dado por inútil. Me levanté de la silla:

—¿Puedo ausentarme para ir al baño?

—Puesto que has acabado el dibujo, sí.

Tras recibir su permiso, avancé por el pasillo izquierdo de la clase con un único propósito: pasar junto al pupitre de Duane de camino a la puerta del aula. El profesor nos obligaba a arremangarnos cuando dibujábamos con acuarelas. En ese instante, mi odioso compañero tenía los brazos sobre la mesa y estaba coloreando con un pincel, así que no me costó ver que, efectivamente, tenía una marca de mordisco en la piel. Cuando acabaron las clases, no pude evitarlo y me encaré a él:

—¡Cómo puedes ser tan cobarde, siempre te estás metiendo con los más débiles!

Duane, mucho más corpulento que yo, me sujetó por el cuello. Por fortuna para mí, un profesor pasó junto a nosotros y tuvo que soltarme. Me fui a toda prisa o, de lo contrario, acabaría recibiendo una paliza.

Ni mis padrastros ni los de Rosalie vinieron a buscarnos por la tarde, pero yo le prometí a mi hermana que no la dejaría sola ni un segundo. ¡Nunca había visto a tanta gente agolpada frente al portón de salida! Los padres de una chica que va a mi curso vinieron a recogerla los dos, los tres hermanos mayores y cinco de sus tíos. ¡Unas 10 personas en total!

Siguiendo las recomendaciones que nos habían dado, mi hermana y yo cambiamos de itinerario

para evitar pasar por el parque de las Bellas Artes, a sabiendas de que es un lugar solitario. Elegimos el trayecto de la zona industrial, donde se agrupaban diferentes fábricas y suele haber una gran animación de trabajadores que entran y salen de sus turnos, aunque ese día, no sé por qué, estaba especialmente tranquilo. Rosalie aprovechó para preguntarme si me gustaba Laura Griffin.

—Es muy guapa, ¿verdad? ¡He visto cómo la miras! —añadió.

Yo le dije, muy ofendido, que no me gustaba y cambié de tema.

—Venga, camina más deprisa.

Avanzábamos por la avenida principal cuando, de repente, reflejada en la pared de una de las fábricas vimos la sombra de un monstruoso animal.

—¡Un tigre! —gritó mi hermana.

Precisamente el Circo Chino llevaba un mes en la ciudad y en el espectáculo se exhibían muchos animales salvajes: tigres, leones, elefantes y monos. Se había instalado no muy lejos del lugar donde estábamos. ¿Y si se había escapado de su jaula?

Rosalie gimió. El tigre proyectado en la pared acababa de abrir su enorme boca mostrándonos sus afilados colmillos. Me aferré a la mano de mi hermana temiéndome lo peor.

CAPÍTULO

¿INTENTO DE ASESINATO?

Estábamos convencidos de que el tigre nos iba a atacar cuando oímos un suave maullido. Instantes después, vimos salir de detrás de una fuente de piedra un pequeño gato negro. Entonces comprendimos. ¡Por mis muertos, solo era un gato! Su sombra se había proyectado sobre la pared convirtiéndolo en un inmenso tigre. ¡Y además parecía un cachorro! Aliviados, mi hermana y yo nos soltamos de la mano.

Nos miramos todavía atónitos. Deberíamos haber pensado en esa posibilidad. Últimamente había decenas de gatos abandonados por toda la ciudad de Boston. Las autoridades habían mostrado su preocupación porque su población aumentaba desmesuradamente y habían empezado a sacrificarlos.

Para quitarnos el susto, nos dirigimos al edificio de la Campana. Aunque es propiedad del Ayuntamiento, los chicos del barrio lo utilizamos hasta que sea demolido. Ahí solemos reunirnos cuando acaban las clases o los días festivos, lejos de los adultos. Es el lugar donde yo he vendido la mayoría de mis sustos, sobre todo a chicos de mi edad o más pequeños. Sin embargo, muy pronto comprendí que ese día no iba a colocar ni uno. Debido a la noticia de la desaparición de Daniel Faust, apenas había niños. Todos se habían ido directamente a sus casas acompañados de sus padres. Ocupé una de las habitaciones del piso de abajo. Empezaba a desesperarme porque llevaba tiempo sin vender ningún susto.

—Qué desastre —masculló.

Rosalie se acercó a mí e intentó animarme.

—Venga, te juro que hoy tendrás un cliente.

Yo ni siquiera la miré. Estaba convencido de que estaba equivocada, pero ella insistía.

—¿Cuánto te apuestas? —me retó.

—Lo que quieras —le contesté.

Rosalie sonrió.

—Muy bien, pues te apuesto una docena de galletas de mantequilla de tu madrastra a que yo tengo razón.

A Rosalie le gustan esas galletas tanto como a mí.

—Acepto la apuesta —concluí.

Pensé en la apuesta con Kevin. La había perdido, pero no tenía dudas de que la de mi hermana la ganaría yo. Los ojos de Rosalie se iluminaron.

—Dentro de menos de un minuto va a entrar por la puerta tu próxima clienta.

Yo la miré con extrañeza. La quietud era total, apenas había un par de chicos en la casa. Entonces vi como se dirigía a la puerta de la habitación y salía.

—¿Adónde vas? —le pregunté.

Rosalie ni siquiera me respondió. Instantes después la puerta volvió a abrirse. Entonces vi que mi hermana estaba en el umbral. Sola. Yo no entendía nada.

—Soy yo —sentenció mi hermana esbozando una gran sonrisa—. Yo soy tu clienta. Quiero comprarte un susto —declaró.

Me contó que era una decisión que ella y sus amigas habían tomando tras saber que Duane era quien había asustado a Sophia.

—Queremos dar a Duane un susto gordo por lo que le ha hecho a Sophia, y entre toda la clase hemos hecho una colecta para poder pagarte.

Yo me quedé muy sorprendido, la verdad. Pero, sobre todo, me sentía orgulloso de mi hermana. Nos peleábamos frecuentemente, pero, cuando nos necesitábamos, siempre nos ayudábamos. Todo lo contrario que con Robert Allan, mi hermanastro.

Rosalie soltó una carcajada.

—Y encima he ganado un montón de galletas de mantequilla.

Yo negué con la cabeza. Entre Kevin y ella, mi madrastra iba a tener que hornear un montón de ellas. Le prometí que elegiría un buen susto y nos fuimos rápidamente a nuestras casas. El cielo estaba muy oscuro. No tardaría en llover.

A la mañana siguiente, antes de ir a la escuela, me dirigí con Rosalie a la Jefatura de Policía para saber si había alguna novedad. Ahí estaba Kevin tras el mostrador, como siempre con una sonrisa en el rostro.

—Hola, Kevin, ¿cómo estás?

Una vez más, Rosalie repitió como un loro lo que yo decía.

—Hola, Kevin, ¿cómo estás?

Ella se quedó en el vestíbulo con él mientras yo me dirigí al despacho de Dupin.

Estaba pensativo, sentado tras la mesa, encendiendo su pipa de caoba. Me pregunté qué estaría pasando por una de las mentes más brillantes del mundo. Y muy pronto tuve la respuesta; a veces parecía un adivino.

—Te esperaba. Imaginaba que vendrías para saber si había alguna novedad.

Yo asentí mientras le escuchaba.

—Tras la publicación en el *Boston News* de la noticia de la desaparición de Daniel Faust, hemos recibido la visita de más de veinte personas con información.

Había testimonios muy poco fiables que ya habían descartado. Sin embargo, dos personas coincidieron en haber visto a Daniel Faust acompañado de una mujer fornida de mediana edad y pelo rubio cerca de la escuela donde estudiaba. Eso coincidía con lo que había dicho la anciana que lo vio.

El inspector frunció el ceño.

—En el caso de Michael Bloom, un par de personas también afirmaron haber visto al niño acompañado de una señora corpulenta.

El inspector dio una profunda calada a su pipa.

—Una mujer. ¿Acaso se trata de una secuestradora? ¿Es ese el nexo de unión entre las dos desapariciones?

Los dos nos quedamos pensativos unos instantes.

—La secuestradora podría ser perfectamente una mujer. O un matrimonio —masculló.

Dupin recordó a Rose Cater, la Asesina de Hombres. Sus víctimas aparecían colgadas bocabajo y todo el mundo se preguntaba de dónde sacaba la fuerza para sujetar los cuerpos.

No obstante, el testigo más fiable relacionado con la desaparición de Michael Bloom, Vincent Brown, había declarado que el niño iba de la mano de un hombre. Por eso Dupin decidió que era importante que habláramos de nuevo con él. Esta vez iría él en persona y le apretaría las tuercas hasta sacarle la verdad.

En ese instante llamaron a la puerta del despacho. Era Kevin. Me di cuenta de que nos iba a dar una noticia importante porque sus ojos brillaban. Se dirigió al inspector:

—Señor, Vincent Brown ha sufrido un lamentable accidente y…

Tomó aire para acabar la frase.

—… Se ha caído del campanario de una iglesia —concluyó.

El inspector y yo nos miramos convencidos de que había muerto.

CAPÍTULO 6

UN MILAGRO

Increíblemente, Vincent Brown continuaba vivo. Se había caído de lo alto de un campanario de una iglesia situada cerca de su casa, en la zona del puerto. Se había salvado porque cayó sobre un carro repleto de paja que pasaba justo en ese preciso instante junto al campanario. Hubo quien dijo que había sido un verdadero milagro. Vincent Brown se encontraba en esa iglesia para lustrar la campana de bronce; un trabajillo que hacía por segundo año consecutivo.

Había sobrevivido, sí, pero se encontraba en una situación crítica. Había sido ingresado inconsciente en el Hospital Santa Marta. Se había roto varias costillas y las dos piernas. Pero si los médicos temían por su vida era sobre todo porque el golpe en la cabeza había sido brutal y porque seguramente algunos órganos internos también habían resultado dañados. El accidente había ocurrido a las 7 de la mañana. No había testigos porque a esa hora apenas había transeúntes por la calle.

Al mediodía, acompañé a Dupin al Hospital Santa Marta. El médico nos dijo que no sabía si sobreviviría ni si se despertaría. Y por supuesto, si esto último sucedía, era casi imposible pronosticar en qué estado se encontraría: si conseguiría hablar o recordar algo.

—Me parece mucha casualidad que cuando nos interesamos por un testigo, de repente, sufra un accidente —murmuró Dupin encendiendo su pipa al salir del hospital—. Muy sospechoso.

Después de hablar con el médico, nos dirigimos a la pequeña iglesia donde se había producido el accidente. Se trataba de una construcción reciente donde se reunían los fieles del barrio. Una estrecha escalera de caracol comunicaba la iglesia con el campanario. El rector, un hombre de unos 50 años, nos estaba esperando. Nos dijo que contrataba a Vincent Brown para limpiar la campana de bronce por ayudarle, desde que se quedó sin trabajo de panadero. Era una tarea fácil, que le llevaba aproximadamente una semana.

—En principio no es un trabajo peligroso. Eso sí, si se realiza con cuidado —argumentó.

El rector, que hablaba con parsimonia, negó con la cabeza mientras hacía una pausa.

—Creo que Brown últimamente bebía bastante y, estando ebrio, ya se sabe que puede acontecer cualquier cosa.

El rector nos contó que, al comienzo del trabajo, él mismo le entregaba la llave del campanario a Vincent Brown y que tenía órdenes de que no entrara nadie mientras él estuviese trabajando.

—Venía de 5 a 10 de la mañana, de lunes a sábado. Después de esa hora es cuando hay más fieles en la iglesia y yo prefiero que no se distraigan con las labores de mantenimiento.

Ya en el campanario, el inspector y yo nos fijamos mucho en el suelo que rodeaba la base de la escalera de caracol. Estaba repleto de pisadas y otras huellas, pero nada extraordinario.

—Es completamente normal que el suelo esté sucio de pisadas —nos había aclarado el sacerdote—. Mientras Brown está lustrando la campana, aquí no se barre. Esperamos a que él finalice para después limpiar a fondo la escalera.

Tras subir los 47 peldaños, llegamos a una pequeña estancia al aire libre, rodeada de una barandilla de obra donde estaba situada la campana de bronce. ¡Por mis muertos, era enorme!

—Para poder lustrarla, hay que subirse a una escalera. La adquirimos hace poco: es nueva y muy solida —siguió dándonos detalles el rector.

Y nos mostró una escalera de madera robusta y resistente. Después examinamos la barandilla que protegía el lugar. Me llegaba más arriba de la cintura. Nos encontrábamos justamente en el sitio desde donde había caído Vincent Brown. Realmente, era un milagro que estuviera vivo. Al girarme, bajo la campana, vi algo en el suelo que me llamó la atención. Me agaché para recogerlo. Era una pequeña colilla de cigarro. La coloqué sobre la palma de mi mano y se la mostré al inspector.

—Muy bien, muchacho. Has encontrado una pista —me dijo.

—Y esto significa que Vincent Brown fumaba —añadí.

El rector no lo dudó ni un instante:

—No, es imposible.

Miramos al cura sorprendidos por su rápida respuesta.

—Vincent Brown padece de asma y no soporta ni el humo del tabaco cerca de él.

La presencia de aquel resto de cigarro significaba, entonces, que alguien más había estado en el campanario.

Aquí intervine yo:

—Quien fumaba ese puro fue quien tiró a Vincent. La pregunta es por qué.

Dupin me interrumpió.

—Antes deberíamos contestar a otra pregunta: ¿desde cuándo está aquí ese resto de cigarro? Podría llevar días, incluso meses.

Miré a Dupin algo desilusionado. Una vez más, tenía razón. La colilla podía llevar ahí días o semanas. Eso significaría que quien había fumado en el campanario no tenía nada que ver con la caída de Vincent Brown. El inspector tocó las hojas del tabaco y, a continuación, las acercó a su nariz para olerlas. Sus ojos se iluminaron.

—¡… Pero un momento! Este tabaco está muy seco —proclamó pensativo—. Extraño, teniendo en cuenta que ayer llovió por la noche.

Por fin comprendí. El lugar donde nos encontrábamos estaba cubierto por un techo, pero era abierto. Cuando llovía, entraba agua. Dupin frunció el ceño:

—Este resto de cigarro tuvo que ser tirado después de la tormenta. De lo contrario, estaría mojado. Por tanto, solo lleva aquí unas horas.

El inspector me miró con una sonrisa. Gracias a la pista que yo había encontrado, podía hacer una deducción muy importante para el caso. Con una amable sonrisa, colocó su mano sobre mi hombro.

—Apreciado Poe, creo que no es apresurado pensar que Vincent Brown no estaba solo cuando cayó desde aquí, sino acompañado por alguien que fuma.

Yo noté como mi corazón se aceleraba.

—¿Eso significa que Vincent Brown ha sido víctima de un intento de asesinato?

El inspector asintió:

—Probablemente.

Durante los días siguientes, no hubo ninguna novedad destacable. La policía que investigaba los dos secuestros, capitaneada por Auguste Dupin, continuaba recorriendo la ciudad en busca de pistas. Vincent Brown seguía inconsciente y no presentaba ninguna mejoría.

Tampoco había ninguna novedad respecto a Neverland, y yo empezaba a estar muy preocupado. No me perdonaba haberle gritado. ¿Y si ya no quería regresar conmigo por cómo lo había tratado? Lo busqué por los alrededores de mi casa sin ningún resultado.

Opté por entretenerme preparando el susto para amedrentar a Duane que me habían pedido mi hermana y sus amigas. Quería que saliera a la perfección y, por supuesto, se trataba de una ocasión ideal para vengarme del abusón de Duane, a quien no soportaba. Iba a poner en marcha dos sustos al mismo tiempo: el número 3 y el número 13. Este último me lo había enseñado Rudy Gigant, el empleado de

la funeraria, quien lo había aprendido durante la época en que había estado en prisión.

SUSTO Número 3: LAS RATAS

Se necesitan

- 2 ratas
- 1 saco
- 1 cuerda
- Salsa picante con efecto laxante
- Un retrete cercano

Modo de preparación

1) Previamente hay que salir con un saco a atrapar un par de ratas y meterlas dentro del saco. Atad bien el saco para que no escapen. Si son tres ratas, mejor. Con una rata también funciona, pero menos.

2) Disimuladamente, hay que echar unas gotas de picante en la comida de la víctima del susto.

3) Conviene comprobar que haya un retrete cerca del lugar donde comerá la víctima y que esté vacío cuando pongáis en práctica el susto. Encerrad allí a las ratas.

4) Luego solo hay que esperar a que la salsa laxante haga efecto y la víctima del susto vaya rápidamente al cuarto de aseo.

A pesar de que con el susto 3 se garantiza un buen susto, cuando se combina con el susto 13, el resultado es doblemente impactante.

SUSTO Número 13: LAS VOCES TERRORÍFICAS

Se necesita: solo practicar sonidos terroríficos.

Recomendaciones

1) Practicar ladrando como un perro. Para ello, hay que inspirar profundamente y sacar el aire desde el diafragma ladrando a la vez. Luego, hay que forzar el sonido casi desde el fondo del estómago hasta conseguir imitar un verdadero ladrido perruno y prolongarlo todo lo posible.

2) Cómo conseguir un chillido de cerdo. Para ello, hay que practicar la voz gutural colocando la punta de la lengua en el paladar superior y diciendo a la vez la palabra «griii» mientras inhalas y exhalas aire. A fin de conseguir mejores resultados, antes de realizar el canto gutural, recomiendo beber leche o agua tibia y hacer gárgaras.

Modo de aplicación

Esconderse de la víctima del susto y esperar a que esté sola en una habitación para dar comienzo al coro de voces terroríficas. Si el cuarto es pequeño y oscuro, el efecto de miedo es mayor.

Diseñé la aplicación del plan minuciosamente con la ayuda de mi hermana Rosalie y de Laura Griffin. Decidimos que en el momento en que Duane entrase en el lavabo, ellas dos y sus amigas estarían en el cuarto de intendencia situado junto a los retretes, preparadas para su actuación. Previamente cerraríamos la ventana y bajaríamos la persiana del cuarto de aseo elegido, para lograr un ambiente más tétrico. El concierto de las voces misteriosas lo iniciaría Rosalie, y se le irían uniendo todas las demás hasta alcanzar una especie de eco de ultratumba. Teniendo en cuenta el apuro que estaría pasando Duane, con las tripas revueltas, y en cuanto viera las ratas, no nos cabía duda de que saldría gritando y con los pantalones bajados por medio del comedor.

—Pondremos picante en el plato de Duane a la hora de la comida —había explicado a mis clientas y cómplices—. Mi madrastra prepara una salsa que, con solo unas gotas, provoca diarrea casi al instante. Lo utiliza para cocinar el pollo a la mexicana.

Finalmente decidimos que el susto lo realizaríamos el jueves, día en que siempre servían sopa en nuestro colegio. Era ideal para nuestras intenciones, teniendo en cuenta que el picante se diluye perfectamente en un líquido.

Ese día, Rosalie y sus amigas se colaron disimuladamente en los aseos masculinos. Por suerte, las chicas iban al comedor justo antes que los chicos y así podrían tenerlo todo preparado. Mi hermana era quien llevaba el saco de tela con las dos ratas que habíamos conseguido en un vertedero. La ciudad estaba creciendo y junto a las basuras no era difícil encontrar esos roedores. Por eso había también tantos gatos rondando las calles. Rosalie sería, asimismo, la encargada de soltarlas en el retrete. Sus amigas harían el coro de voces.

Sophia Prims no participaba en el susto, pero estaba avisada para que fuera espectadora principal.

Mi misión consistía en echar las gotas en la sopa de verduras de Duane. Esperé a que se sentara. Pasé a su lado y le dije que se le había caído una moneda al suelo (yo mismo había tirado una moneda de un céntimo sabiendo que caería en la trampa). Mientras se agachaba para recogerla, vertí de un frasco las gotas de laxante en la sopa. Regresé a mi sitio y me dispuse a comer aguardando impaciente que Duane se sintiera indispuesto. Eso fue lo que sucedió. No habían pasado ni 5 minutos cuando se levantó de la silla y pidió ir al baño urgentemente. Yo pedí permiso también. ¡No pensaba perdérmelo!

El aseo estaba en penumbras, pero por la urgencia de la situación se dirigió directamente al retrete y se bajó los pantalones. En ese mismo momento comenzaron a oírse unas voces guturales, entre fantasmales y animales. Primero una voz, después otra. La suma de las voces de 7 chicas daba un resultado terrorífico. Estoy seguro de que Duane se quedó helado, y más cuando oí su chillido aterrador. Debía de haber descubierto a las ratas porque salió gritando:

—¡Ratas, quitádmelas de encima! ¡Socorro! ¡Y fantasmas! ¡¡¡Auxilio!!! —berreó histérico.

¡Por mis muertos, nunca había visto a nadie tan asustado! Las chicas estallaron en carcajadas y quien más se desternillaba era Sophia. Se la veía feliz con sus botines de color rosa, regalo de sus padres por su cumpleaños. Yo también me moría de la risa. Duane seguía corriendo por delante de todos con los pantalones medio bajados, haciendo el ridículo más espantoso del mundo.

Cuando estuvimos seguros de que nadie relacionaría el suceso con nosotros, nos reencontramos para abrazarnos y felicitarnos de lo bien que había salido el plan. Sin embargo, Sophia no apareció. La buscamos por todas partes sin éxito. Finalmente, no tuvimos otro remedio que pedir ayuda a los profesores. Se movilizó todo el colegio, pero no había ni rastro de Sophia. La cocinera Ann Briane, que velaba especialmente por Sophia Prims tras haber sido testigo del anterior ataque que la pequeña había sufrido, perdió los nervios y abroncó de mala manera tanto a mi hermana como a Laura Griffin.

—Vosotras sois las mejores amigas de Sophia. ¡No tendríais que haberla dejado sola ni un segundo! —bramó furibunda.

Los profesores Barbara Lance y Joseph Puk hubieron de intervenir. Y Ann Briane se alejó con los ojos llorosos.

CAPÍTULO 7

SECUESTRADOR DE NIÑOS

Durante toda la noche, la policía de Boston se dedicó a peinar la zona de la escuela Saint James, donde fue vista Sophia por última vez. Al día siguiente, se confirmó de forma oficial que la niña había desaparecido. Cuando Rosalie y yo llegamos a nuestro colegio, ya había varios carros de caballos de la policía; entre ellos reconocí el del inspector Dupin. Algunos niños lloraban sin dar crédito a lo que estaba sucediendo, en especial sus compañeras de clase. Según me dijo Rosalie, Sophia era la niña más sensible de su clase, lloraba con facilidad y todas se sentían inclinadas a protegerla.

Por orden de Dupin, profesores, padres y alumnos nos reunimos en el salón de actos. Allí todos estábamos conmocionados, pero si algo nos causaba un inmenso dolor era ver a los padres de Sophia, los señores Prims, rotos de dolor, llorando desconsoladamente. La madre balbuceaba el nombre de su hija una y otra vez. Entre los profesores, Joseph Puk, el de Arte, era uno de los más afectados. Sophia, ade-

más de buena alumna, tenía un gran talento para el dibujo. En cambio, Barbara Lance estaba extraña, como ida. Por su parte, la cocinera Ann Briane gemía escandalosamente. Se sentía culpable por no haber impedido que la secuestrasen.

El inspector pasó a mi lado y me saludó discretamente. Creo que la profesora Barbara Lance se dio cuenta de que intercambiábamos una mirada. Era cursi, pero no tenía un pelo de tonta. El director se acercó a él para indicarle que se situara en la tarima del escenario. Dupin tenía un gran carisma cuando hablaba en público; en cuanto empezó a hablar, todo el mundo se calló.

—Vamos a encontrar a Sophia —comenzó diciendo— y, además, la vamos a encontrar sana y salva. En toda mi carrera profesional de más de 30 años, no he dejado ni un solo caso sin resolver.

Habló con tal aplomo que consiguió apaciguar a la mayoría de los asistentes.

A los menores nos pidió que estuviéramos muy alerta, que no habláramos con desconocidos ni que aceptáramos regalos. A los padres, que no dejaran solos a sus hijos. Yo pensé que eso dependía de cómo fueran los progenitores. En mi caso, a mi padrastro le importaría bien poco lo que me sucediese. Finalmente, nos pidió colaboración.

—Cualquier pequeña pista o idea puede ser vital para encontrar a los niños…

A pesar del discurso tranquilizador, algunos padres continuaban furiosos. Una voz al fondo le interrumpió.

—¡Es que no hay derecho! Han pasado casi tres meses desde que secuestraron a Michael Bloom y la policía no sabe nada de nada. Si hubieran hecho bien su trabajo con ese chiquillo, esta nueva desgracia no hubiera ocurrido.

Dupin aceptó el chaparrón, y concluyó:

—He pedido refuerzos desde que me encargaron esta investigación y me comprometo a averiguar quién ha secuestrado a Sophia Prims. Sin embargo, no nos culpen a nosotros, la policía, servidores y protectores —se defendió el inspector—. Culpen a la persona que ha cometido el delito.

Al acabar las clases, vi en el portón a Charlie con la edición de tarde del *Boston News*. En primera plana se anunciaba la desaparición de Sophia. Enseguida me percaté de que le sucedía algo. Nunca lo había visto tan desanimado. Primero pensé que, como todos, él también estaba compungido por esa noticia.

—Sí, es una noticia muy triste —masculló.

—¿Te pasa algo más?

—Hoy es mi último día como vendedor de periódicos —su voz se tornó trémula—. Me han despedido de momento.

Charlie era un trabajador ejemplar y yo sabía que necesitaba el dinero. Su madre era viuda y él era el mayor de 6 hermanos.

—Mis superiores tienen miedo de que me suceda algo malo y tengan que indemnizar a mi familia. Me han dicho que, cuando detengan al secuestrador de niños, tal vez me vuelvan a contratar.

Me acerqué y le abracé para darle ánimos, aunque sabía que lo que de verdad le ayudaría sería que el caso se resolviera.

A pesar de su preocupación, y como era de esperar, ese día Charlie vendió todos los periódicos que llevaba a la puerta de mi colegio en un tiempo récord. Sin decirlo, los padres se sentían protagonistas de lo que estaba sucediendo: en aquellas páginas se hablaba del colegio de sus hijos. El diario ya había bautizado al supuesto delincuente como…

EL SECUESTRADOR DE NIÑOS

El *Boston News* informa de que la niña de 9 años SOPHIA PRIMS lleva más de un día en paradero desconocido. Tras esta tercera desaparición, nos atrevemos a señalar que el autor de su secuestro es el mismo que el de Michael Bloom y Daniel Faust. De momento se busca a una mujer alta, de pelo blanco o rubio y de complexión fuerte, porque según algunos testigos podría estar relacionada.

Sophia Prims estudia en la escuela Saint James, situada en el barrio de las Bellas Artes. Sus padres, propietarios de una pequeña zapatería en el centro de la ciudad, tienen una posición económica que les permite vivir cómodamente, aunque sin lujos. Por ello, de nuevo se descarta que el móvil del secuestro sea el dinero. En el momento de su desaparición vestía una falda azul marino y un jersey del mismo color. Casualmente, estrenaba unos botines de color rosa que sus padres le habían regalado por su cumpleaños. Si alguien identifica esta descripción para dar pistas de su paradero o de los otros niños, por favor póngase en contacto con esta redacción. La policía nos ha instado a que pidamos a nuestros lectores su colaboración para encontrar a estos tres pobres niños. A cambio, ha garantizado una recompensa.

No queremos asustar a la población de Boston, pero recordemos que en la vieja Inglaterra detuvieron recientemente a un hombre que secuestraba niños y los utilizaba para probar instrumentos de tortura, y en cuyo sótano se halló una silla de púas de hierro, una afilada hacha gigante que oscilaba como un péndulo de derecha a izquierda sobre el cuerpo de la víctima, un garrote vil… Si también se tratase en nuestra ciudad de un perturbado mental, el tiempo es vital para salvar a estas pobres criaturas.

En cuanto leímos la última parte de la noticia, nos quedamos impactados. El silencio solo fue roto por el gemido de alguna de las madres allí congregadas. «¿Cómo puede haber delincuentes tan despiadados?», se preguntaron algunos.

Al día siguiente, varias personas se acercaron a la Jefatura de Policía para dar información sobre el caso. Como siempre, la mayor parte era falsa. Se presentó un borracho, por ejemplo, diciendo que había visto a un gigante transportando niños en un saco de arpillera; y una mujer afirmó haberse cruzado con un carro donde se amontonaban docenas de críos. Sin embargo, de nuevo tres testigos coincidieron en haber visto a una niña con las características de Sophia acompañada de una mujer de envergadura: así que cada vez parecía más evidente que podía tratarse de una secuestradora de niños.

Pero fue mientras yo estaba visitando a mi admirado Dupin cuando obtuvimos el testimonio más interesante: el de un comerciante que se presentó en la central con su perro pastor alemán y nos entregó un botín de piel de color rosa. El hombre afirmó que su perro se había presentado en su casa con ese calzado. A él y a su esposa les había llamado la atención que el *Boston News* dijera que la niña desaparecida llevaba botines rosas y por ello decidió ir a la policía. Más tarde los padres de Sophia reconocieron que, efectivamente, ese botín pertenecía a su hija. El pro-

blema era saber dónde lo había encontrado el perro, porque era habitual que se escapase y se presentase de vuelta a su hogar con todo tipo de objetos.

Además de su color, el botín de color rosa presentaba otra particularidad: su suela estaba ligeramente tintada de rojo. Eso significaba que Sophia había pisado algún suelo muy peculiar.

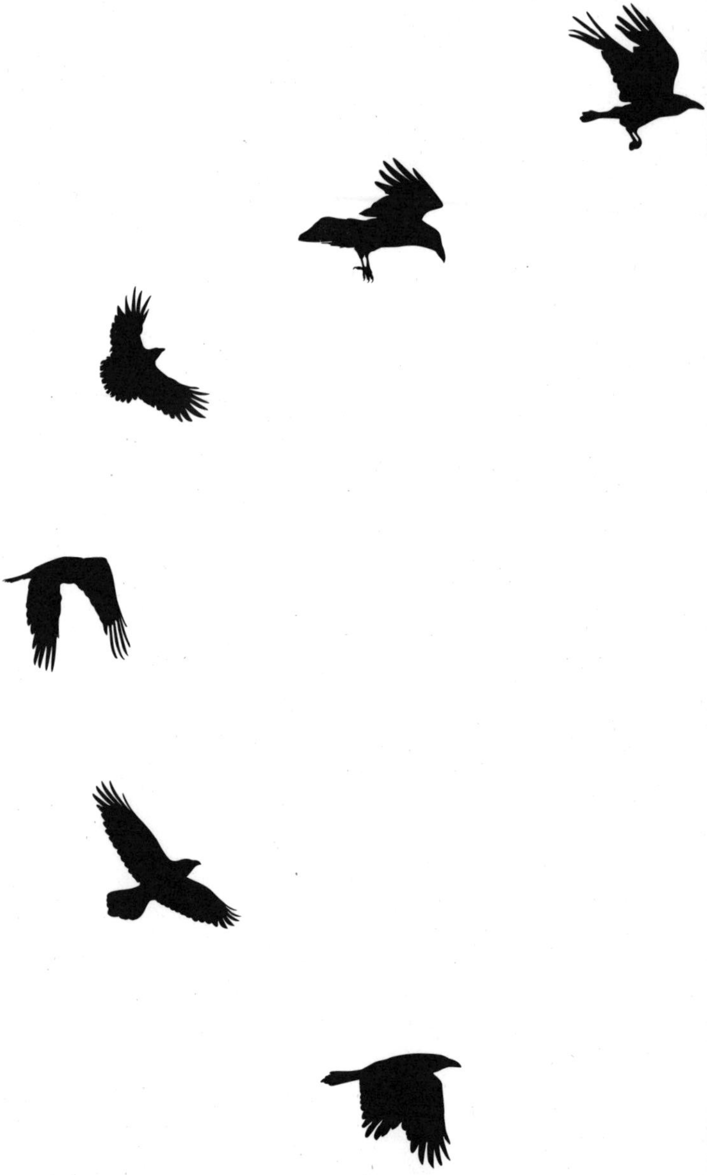

CAPÍTULO 8

¿ASESINA A LA VISTA?

Mi profesor de Arte, Joseph Puk, se presentó por la mañana en la Jefatura para comunicar que creía saber quién era la persona que había secuestrado a los 3 niños. Kevin, que minutos antes acababa de empezar su turno, fue quien le recibió en el vestíbulo y quien decidió avisar a Dupin. Fue conducido a la sala de interrogatorios. El inspector llegó 3 minutos después, según me precisó Kevin. Estaba impaciente por oír el testimonio de Joseph Puk.

—He leído en la prensa que la secuestradora podría ser una mujer…, una mujer fornida —y tras una pausa, añadió—: Si es así, yo tal vez sepa quién es.

El inspector le apresuró.

—Adelante, le escucho.

Joseph Puk carraspeó.

—Trabaja en la escuela Saint James, como yo, y últimamente está teniendo un comportamiento muy extraño…

El inspector, inquieto, se acercó más a Puk.

—¿Su nombre?

Puk continuaba hablando con parsimonia.

—Solía ser una persona muy tranquila, pero lleva un tiempo alterada. Y cada vez que se habla de los niños desaparecidos, se pone muy nerviosa…

El inspector comenzaba a desesperarse. Se preguntaba cuánto más tardaría en darle un nombre. De nuevo le interrumpió, esta vez malhumorado y casi alzando la voz.

—¡Dígame su nombre de una vez!

Joseph Puk se puso tenso, como si, de repente, no quisiera delatar a la persona a la que consideraba sospechosa. Sin embargo, ya era demasiado tarde. Dupin no le dejaría salir sin dar un nombre.

—Se llama Ann Briane y es una de las cocineras del Saint James —masculló finalmente el profesor.

Dupin recordó haberla interrogado y que no le resultó sospechosa. Era una mujer joven y, en efecto, fuerte, fornida, y también atractiva. Físicamente coincidía con la descripción de algunos testigos.

—Siempre es amable tanto con los profesores como con los niños —reconoció Puk—. Pero introvertida y misteriosa.

Joseph Puk confesó que conocía pocos detalles de su vida, salvo que era soltera y vivía sola en una pequeña casa en el barrio de los Trabajadores.

—El director le ha encargado vigilar los patios estos días y yo he intentado hablar con ella, pero no se confía y, en cuanto acaba la jornada laboral, sale apresuradamente en dirección a su casa alegando que tiene asuntos que atender.

Joseph Puk buscó un pañuelo de su bolsillo, como si supiese que estaba a punto de emocionarse.

—Reconozco que me gusta. Quería invitarla a salir conmigo. Y dado que me resultaba imposible hablar con ella en la escuela porque siempre me rehuía, una tarde la seguí hasta su casa. Cuando me vio se puso furiosa. Me exigió que nunca más la siguiera.

Puk hizo una pausa para respirar profundamente. Era evidente que se sentía muy incómodo.

—Desde aquel día mantiene un comportamiento distante y extraño conmigo.

Sin perder tiempo, Auguste Dupin fue a la escuela Saint James para contrastar la información recibida con la propia Ann Briane. En ese momento la cocinera estaba pelando cebollas.

Se quedó muy sorprendida al comprobar que el inspector, al que acompañaban dos agentes, quería hablar con ella.

—Me gustaría hacerle unas preguntas más en relación con el secuestro de los tres niños desaparecidos. Alguien la ha señalado como sospechosa y, por tanto, el interrogatorio deberá hacerse en la central. Por supuesto, si no tiene nada que ver con el asunto, la dejaremos libre.

Ann Briane se quedó helada; estuvo a punto de cortarse con el cuchillo de las cebollas. Luego, rompió a llorar mientras uno de los policías la tomaba del brazo y se la llevaba. Se formó un pasillo de alumnos y profesores que la observaban incrédulos, sobre todo los niños más pequeños, que le tenían un gran cariño. La pobre cocinera arrastraba los pies todavía paralizada. Yo me fijé en que Joseph Puk, tras un grupo de niños, espiaba la escena cabizbajo.

—¡No, ella no puede ser culpable! —exclamó Barbara Lance.

Al igual que la profesora de Gramática, yo tampoco la creía culpable de nada malo. Mi hermana Rosalie y Laura Griffin vinieron a verme y me pidieron que ayudara a demostrar su inocencia.

—Haré lo que pueda —intenté tranquilizarlas.

Mientras los dos agentes se la llevaban, Dupin permaneció en la escuela hablando con sus compañeras de cocina. Todas coincidieron en que era introvertida y discreta, pero también muy atenta con todos, además de muy trabajadora. No obstante, una de ellas, queriendo defenderla, dio un dato que podía inculparla.

—Nos pide la comida sobrante para dársela a los pobres de su barrio.

—¿Hace mucho que se dedica a esa labor de caridad?

—No sé, unas cuantas semanas, un par de meses quizás.

A Dupin se le pasó por la cabeza que Ann Briane pidiera esos alimentos para dárselos a los niños secuestrados. No podía pasarlo por alto, aunque su instinto le dijera lo contrario. La vida de unos inocentes estaba en juego. Rápidamente, el inspector ordenó a varios agentes que se dirigieran hasta su casa, situada en el barrio de los Trabajadores, con la esperanza de encontrar a los niños desaparecidos todavía con vida. Una hora después descubrieron, con sorpresa, que la cocinera ya no residía allí. Su casa estaba ocupada por otros inquilinos que ni siquiera la conocían.

No obstante, la policía registró todas las dependencias de la vivienda, así como los alrededores de la casa buscando alguna pista. No encontraron ningún indicio extraño. Según averiguaron, Ann Briane solo estuvo unos 6 meses residiendo en esa vivienda. Todos los vecinos coincidieron en decir que era una mujer reservada pero muy correcta, que no recibía visitas. Cuando entraba en alguna tienda, nunca entablaba conversación ni participaba en las reuniones vecinales. Algunos afirmaron que la habían visto entrar en su casa con sacos de arpillera de diferentes tamaños; en ocasiones, incluso empujando un carro para poder transportarlos.

La pregunta era esta: ¿qué había en el interior de esos sacos? Uno de los agentes dedujo que debía de ser la comida de la escuela. Otro hizo un comentario que puso la piel de gallina a sus compañeros:

—Tal vez descuartiza a los niños y los mete en los sacos.

Se produjo un silencio sepulcral.

Dupin no me permitió asistir al interrogatorio de Ann Briane. Cuantas menos personas supieran que yo estaba colaborando con él en el caso, mucho mejor. El inspector fue quien habló con ella. Según me contó, desde que entró en su despacho se puso a llorar.

—Pero yo no he hecho nada, yo no he hecho nada —repetía desconsolada.

No hubo manera de que le dijera dónde residía ahora. Sí reconoció haberse llevado comida sobrante de la escuela para dársela a los indigentes del barrio.

—Pero nadie te ha visto repartir alimentos ni en compañía de gente necesitada —le reprochó el inspector.

Ann Briane se quedó en silencio. Dupin le hizo entender que, si no colaboraba con la policía, sería detenida. Y por primera vez, pensó que ella podía ser la secuestradora. Finalmente, fue trasladada a los calabozos.

Yo, en cambio, estaba seguro de su inocencia. Conmigo siempre había sido muy amable y con mi hermana, todavía más; así que, como el inspector no había logrado sacar nada en claro, le convencí de que me permitiera ir a los calabozos para hablar con ella.

Me emocioné al verla tan demacrada y triste. Era como si hubiera envejecido 10 años.

—¿Qué haces aquí? —me preguntó muy sorprendida al verme.

—Creo que es usted inocente y quiero ayudar a demostrarlo —le respondí.

La señorita Briane sonrió. Le pedí que fuera sincera conmigo.

—¿Para qué quería la comida? ¿A quién está alimentando? —le pregunté.

—Lo siento, yo… No, no puedo decirlo.

¿Por qué se mostraba tan misteriosa si era inocente? ¿A qué se debía su silencio? ¿O acaso yo estaba equivocado y cabía la posibilidad de que fuera culpable? Salí de los calabozos cabizbajo y confundido. Ya no sabía qué pensar.

En mi colegio todos estaban conmocionados con la detención de Ann Briane y las clases fueron raras. Ese día encontré un enigmático sobre en mi cartera tras el recreo de la mañana. En su interior había una nota manuscrita de tres líneas.

> Tengo información relativa al secuestrador de niños. Ann Briane es inocente. Mañana a la salida de las clases, en la Puerta del Diablo.

Muy intrigado, leí el mensaje varias veces, intentando reconocer, sin ningún resultado, de quién era la letra. Evidentemente la había escrito algún compañero, profesor o empleado de la escuela. Sin duda había aprovechado la hora del recreo, cuando todos estábamos en el patio, para entrar en mi aula y dejarla en mi cartera. Pero… ¿quién era? ¿Por qué me la entregaba a mí? ¿Acaso sabía que yo colaboraba con la policía? En el colegio solo mi hermana Rosalie y el director estaban al corriente.

Al mediodía, fui hasta la Jefatura para hablar con el inspector sobre la nota, pero estaba ocupado en una reunión con sus superiores que duraría horas, así que volví al colegio pensando que tendría que ir a la misteriosa cita sin haber hablado con él.

Esa misma tarde, durante la clase de Gramática, la profesora Barbara Lance escribía en la pizarra una de sus tontas frases, cuando me llamó la atención el punto sobre la «i» que acababa de poner. Era un pequeño círculo abierto por arriba…, ¡exactamente igual que en la nota anónima que había recibido! De pronto, tuve la certeza de que era ella la autora de la nota. Había intentado disimular la letra, pero se le había pasado por alto cambiar ese rasgo tan peculiar de su escritura: el punto de la letra «i» en todas las palabras. ¿Qué tenía que ver mi cursi profesora con el secuestro de tres niños? En 1 hora y 18 minutos lo sabría.

Acudí a la cita todavía perplejo. La Puerta del Diablo es el nombre que recibe una de las entradas traseras de mi colegio. Da a una calle estrecha por donde apenas pasa nadie. Como el día era tormentoso, no tardaría en oscurecer. El picaporte de la puerta es un demonio de bronce, de ahí su nombre. Salí corriendo de la última clase; cuando llegué, no había nadie. Mientras esperaba en la callejuela, me dediqué a dibujar líneas paralelas en el suelo de arena con el tacón del zapato. Mi objetivo era que el tiempo pasara más rápido. Cuando había hecho 14 líneas, me detuve pensativo. ¿Y si no era Barbara Lance quien había escrito la nota?

Ya casi había oscurecido cuando oí unos pasos. Me pareció que eran de mujer. Por fin iba a confirmar si efectivamente se trataba de mi profesora. Aunque para ello debería esperar a que estuviera cerca para verla con claridad porque apenas había luz. Estaba impaciente por saber qué me iba a decir. Cuando, de repente, vi unos brazos de hombre que agarraban desde atrás a la mujer que se dirigía hacia mí. Los dos forcejearon, pero el hombre era mucho más corpulento y consiguió dominarla sin problemas y arrastrarla consigo. Yo me quedé inmovilizado unos instantes. Todo pasó muy deprisa. Cuando reaccioné, di 12 pasos, pero ya no los vi.

¿Era realmente Barbara Lance quien acudía a mi cita? ¿Quién era el hombre que se la había llevado y por qué? ¿Qué tenía que decirme?

A esa misma hora, tras un día encarcelada, Ann Briane había cedido y pidió hablar con Auguste Dupin. Lo supe cuando fui a la central para contarle a mi admirado amigo lo que me había sucedido en la Puerta del Diablo.

—Quiere confesar algo importante —me dijo el inspector.

CAPÍTULO 9

CALLEJÓN SIN SALIDA

Auguste Dupin me pidió que me quedara en una pequeña habitación, anexa a la de interrogatorios, desde donde podría oír el testimonio de Ann Briane. Los dos estábamos expectantes. Sin embargo, lo que estaba a punto de confesar nos iba a dejar con la boca abierta, porque no era nada que hubiéramos imaginado.

Ann Briane se tomó 9 segundos respirando pausadamente, como para tranquilizarse antes de comenzar a hablar.

—Soy inocente del secuestro de esos niños, por supuesto. Pero quiero confesar el porqué de mi silencio —se detuvo otra vez unos instantes para tomar aire—. Solo intentaba proteger cientos de vidas y evitar su muerte.

Me quedé atónito y asustado. ¿Había cientos de vidas en juego? ¿Qué nos iba a contar?

—Desde pequeña, amo a los animales. Considero que merecen el mismo respeto que las personas. Y en especial adoro a los felinos. De niña tenía gatos.

El inspector la escuchaba con extrañeza. ¿Aquella mujer desvariaba?

—No sé si usted, señor Dupin, ha observado que cada vez hay más gatos abandonados en Boston.

Yo sí recordé la cantidad de gatos abandonados que vagaban sin rumbo por la ciudad y se alimentaban de roedores. Y me acordé del susto que mi hermana y yo nos pegamos al ver la enorme sombra de uno de ellos reflejada en una pared.

—Muchos de esos pobres gatos son capturados por el Ayuntamiento para sacrificarlos, sobre todo si son hembras —de nuevo se detuvo para tomar aire—. ¡Y han prohibido alimentarlos! Pues bien, yo no puedo soportar que maten a esos animales y empecé a alimentarlos a escondidas y a recoger a todos los que podía en mi casa. Por eso no dije nada.

Ann, emocionada, continuaba con su relato:

—Ahora resido en la calle Jones. Me cambié de casa para que los vecinos no sospecharan.

La vivienda donde actualmente residía Ann Briane se encontraba a 5 manzanas de su antigua casa, pero tenía un jardín vallado que la rodeaba y la protegía de mirones. Cuando la policía fue a investigar, confirmó lo que la cocinera había dicho. En su interior había decenas de gatos. Muchos de ellos, cachorros que jugueteaban alegres dentro de la casa. En cada una de las habitaciones había platos para la comida y el agua. De hecho, fue la desesperación por no poder atenderlos lo que la llevó a declarar.

—Por favor, señor Dupin, permítanme ir a cuidarlos. O mande a alguien a darles de comer y de beber.

Dupin le prometió a la cocinera que él no tenía intención de denunciarla. Su atención estaba centrada en las desapariciones de niños, no de gatos. Me alegré por Ann Briane. Yo sabía que mi amigo era un hombre de palabra y cumpliría su promesa.

Desgraciadamente, una vez descartada definitivamente Ann Briane como sospechosa, volvíamos a estar en un callejón sin salida.

Por la mañana, el director del Hospital Santa Marta comunicó a Dupin que alguien había intentado matar a Vincent Brown. No lo había conseguido debido a la intervención de un enfermero, y lo más sorprendente de todo era que Brown había abierto los ojos. Acompañé al inspector hasta el hospital saltándome las clases.

El enfermero describió al atacante como una mujer de unos 40 años, alta y fornida. No pudo verle la cara porque iba tapada con una bufanda que cubría casi todo su rostro. La pilló rodeando el cuello del hospitalizado con sus manos.

—Estaba estrangulándole cuando yo entré en la habitación. Me abalancé sobre ella, peleamos y me lanzó un puñetazo antes de huir por la ventana. ¡Es increíble la fuerza que tenía esa mujer! La dejé escapar porque noté que Vincent se removía. Me acerqué a él y vi que entreabría los ojos durante unos instantes.

El director del hospital intervino:

—Seguramente el impacto de lo sucedido ha hecho reaccionar el cerebro del señor Brown.

—¿Eso significa que se está recuperando? —preguntó Dupin esperanzado.

El médico negó con la cabeza.

—No necesariamente.

El director del centro nos acompañó a la habitación donde Vincent descansaba. El inspector se acercó a su cama. A mí me pidieron que esperara a la puerta. Aun así, me impresionó verlo desde allí. Estaba demacrado y pálido como una hoja de papel. Dupin le apretó la mano y le habló con sentimiento.

—Señor Brown, ¿me oye? Ya han desaparecido tres menores y estamos desesperados. Usted es padre y comprenderá lo que le digo. ¿Puede ayudarnos? ¿Puede aportarme alguna pista? Le aseguro que no habrá represalias si ha callado algo…

El inspector lo escrutó fijamente, como para transmitirle energía con su mirada. Conté un 1 minuto y 30 segundos y, entonces, Vincent Brown abrió los ojos. Yo sentí como mi corazón se aceleraba. Parecía querer hablar, pero no lo conseguía. Dupin se arrimó más a él.

—¿Conoce al secuestrador? ¿Cómo se llama?

Brown movía la boca torpemente gesticulando para articular alguna palabra.

—Pe, Pe, Pe…

Por fin pudo completar:

—Peter…

Su cabeza se desplomó a un lado. El médico corrió a su lado y le tomó el pulso. Poco después, negó con la cabeza.

Vincent Brown había muerto.

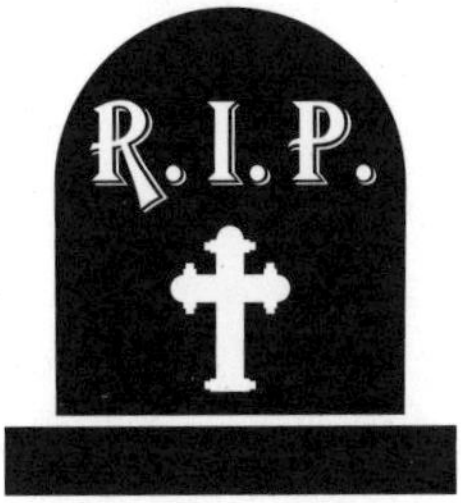
R.I.P.

Salimos cabizbajos. «Peter». Tal vez ese era el nombre que buscábamos. Pero había miles de Peter en Boston. Además, un nombre de varón nos descolocaba ahora que nos decantábamos por pensar que la criminal fuera una mujer, la misma que había atacado al testigo.

Le dije al inspector que necesitaba escribir una lista con todas las pistas e informaciones que teníamos hasta el momento. A Dupin le pareció muy buena idea.

Esta fue la lista que escribí:

PISTAS SOBRE EL CASO DE LOS NIÑOS DESAPARECIDOS

1) La coincidencia de muchos testigos en describir a la sospechosa como una mujer fornida, de unos 40 años, rubia y alta.
2) El reloj de bolsillo de Michael Bloom encontrado tras su secuestro, que se paró a las 5.
3) La gorra de Michael, que desprendía un olor extraño y tenía en su interior una brizna de color verde.
4) El botín de color rosa de Sophia Prims, que tenía la suela rojiza.
5) La letra «i» del anónimo que había recibido, que me indicaba que Barbara Lance, mi profesora, sabía algo del caso.
6) Los dos atentados contra Vincent Brown, que acabaron costándole la vida, e indicaban que era un testigo molesto.
7) La colilla que encontramos en el campanario.
8) La palabra «Peter» que Vincent Brown había pronunciado justo antes de morir.

Aprovechamos el domingo, que estaríamos mucho más tranquilos, para contrastar nuestras conclusiones. Me llenó de orgullo que Dupin me pidiera mi lista de las pistas del caso para analizarlas punto por punto.

1. La mujer sospechosa

Por supuesto cabía la posibilidad de que la secuestradora fuera una mujer. ¿Pero cuántas encajarían en esa descripción en Boston? Tras su publicación en el periódico, varias mujeres habían sido denunciadas e incluso agredidas simplemente por el hecho de ser corpulentas y rubias. Además, era más probable que hubiera más de un secuestrador y que hubiera también un hombre implicado, sobre todo después de que Vincent Brown hubiera acusado a un tal Peter. No tenía sentido que, justo antes de fallecer, nos mintiese.

2. El reloj que marcaba las 5

Fue encontrado cerca del colegio donde estudiaba Michael Bloom. Al caérsele y romperse, nos había permitido saber a qué hora había sido secuestrado. Asimismo, había puesto en duda la declaración de Vincent Brown, que había afirmado ver al secuestrador en la zona del Puente Nuevo ya de noche.

3. La gorra de Michael Bloom

Yo continuaba sin reconocer ese olor repugnante que, sin embargo, me era familiar. Respecto a la brizna de hierba que se había encontrado en su interior, el experto en botánica había dictaminado que era demasiado pequeña para identificar a qué especie pertenecía.

El tiempo corría y yo no podía dejar de pensar en Sophia Prims y en lo mal que lo debía de estar pasando. El inspector se dio cuenta de que yo estaba cabizbajo.

—Joven, ¿se puede saber por qué pones esa cara tan triste?

Levanté la mirada.

—Es que nunca vamos a encontrarlos. Si están vivos, deben de estar sufriendo mucho; pero seguramente ya están muert...

El inspector me interrumpió ofendido.

—No se te ocurra pensar eso —Dupin se aproximó más a mí—. Hay que mantener la esperanza de encontrarlos con vida. ¡Y te juro por mis antepasados que los encontraremos! Un buen investigador, como tú y como yo, no se rinde nunca. ¿Entendido?

Asentí. Yo admiraba su carácter decidido e incansable.

—Todavía nos faltan algunas pistas por analizar —me animó.

Tomó su pipa y se la llevó a la boca para encenderla.

Saltamos al punto 5, referente a Barbara Lance, porque mi amigo quería conocer los detalles de primera mano, ya que yo no había tenido oportunidad de contárselo. Tras explicarle todo, admití que podía estar equivocado. Me parecía mucha casualidad que mi profesora tuviera algo que ver con el secuestro.

No obstante, desde el día en que creí ver a Barbara Lance en la Puerta del Diablo no había vuelto a dar clases.

Según nos informaron, se había presentado ante el director de la escuela acompañada de su novio (al que por fin alguien vio) para comunicarle que su madre había sufrido un ataque al corazón y estaba ingresada en una clínica de Chicago, donde residía, por lo que se iba unos días a verla. Otra pista que se quedaba sin respuesta, al menos de momento.

Fue al analizar la pista número 4, el botín de color rosa cuya suela estaba tintada de rojo, cuando por fin logramos un avance significativo en nuestras investigaciones. Dupin estuvo 15 minutos seguidos escrutando ese tinte que le resultaba familiar.

Cuando levantó los ojos, me miró con una sonrisa de satisfacción.

—Ya sé de dónde proviene este tono rojizo.

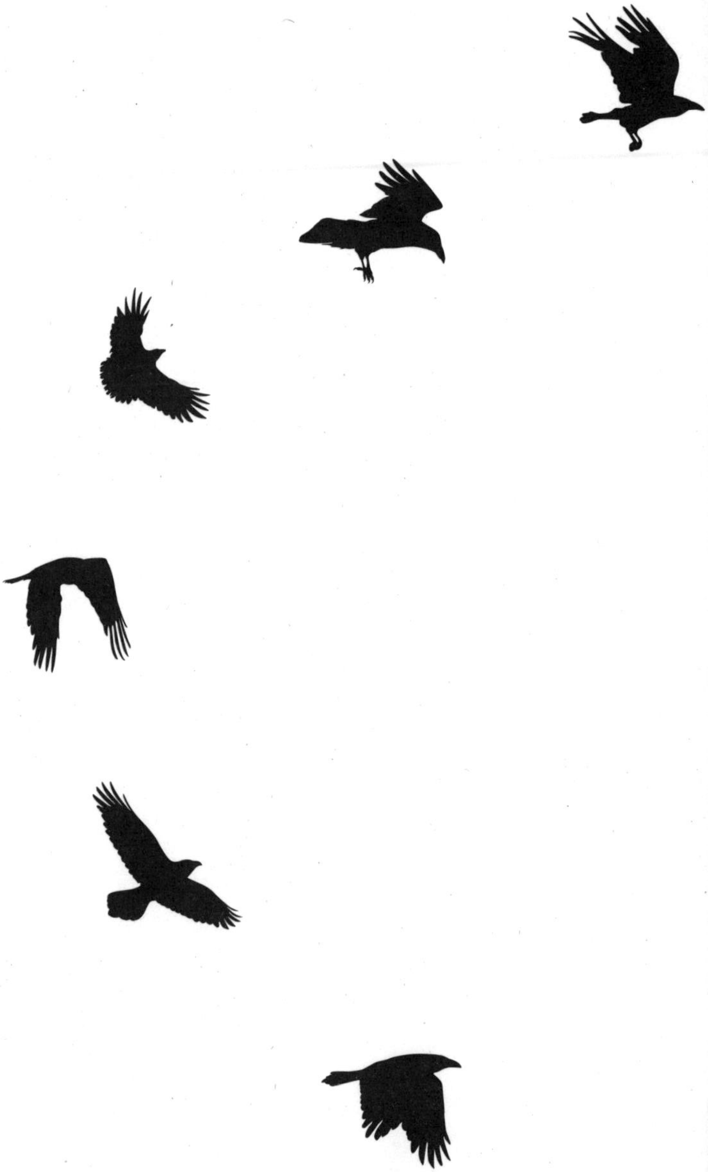

CAPÍTULO 10

EL PARQUE ROJO Y OTRAS PISTAS

—¿Conoces el parque Rojo? —me preguntó.

Asentí y se me iluminaron los ojos. Había estado un par de veces en ese parque. Está situado en la parte oeste de la ciudad, junto al cementerio de Holy Spirit. Se conoce como el parque Rojo porque está poblado por arces rojos. Se trata de un árbol de hoja caduca que puede llegar a alcanzar una altura de más de 1.500 pulgadas; es una especie habitual en el este de Estados Unidos. Sus hojas son verdes, pero cambian en el otoño hasta tomar un color rojo brillante por ambas caras. Cuando caen al suelo, forman un hermoso manto rojo. El parque Rojo de Boston es la puerta de entrada a uno de los barrios más populares de la ciudad, el de Holy Spirit, llamado así porque en la zona se encuentra el cementerio del mismo nombre.

¿Y si la brizna verde que habíamos encontrado en la gorra pertenecía a la misma especie? Mandaríamos estudiarla otra vez comparándola con una hoja de arce rojo. Si coincidían, significaría que tanto Michael Bloom como Sophia Prims habían pasado por el mismo parque o habían sido encerrados en ese barrio. El problema era que se trataba de una de las zonas más pobladas de Boston, así que cualquier pista que nos ayudara a delimitar el área sería bien recibida.

Animado por ello, me centré en la pista número 7, la colilla que se había encontrado en el suelo del campanario. Estábamos convencidos de que quien había fumado ese cigarro era quien había tirado a Vincent Brown, y bien podía ser el secuestrador. Tras un buen rato mirando con la lupa descubrí una letra «D» estampada. Se la mostré al inspector, que como fumador sabía más del tema que yo.

—Casi todas las fábricas de tabaco estampan su marca en los cigarros. Así sabremos dónde se ha comprado. Eso nos dará otra pista que nos ayudará a acercarnos al paradero del secuestrador o secuestradora.

—¿No habrá muchos lugares en Boston que vendan tabaco? —pregunté con gran curiosidad.

—Aunque fumar se está poniendo de moda y muchos ya compran hebras de tabaco para liarlas en un papel, no son tantas las empresas tabaqueras y menos los lugares oficiales que despachan su género. Como mucho, diez. Yo compro el tabaco para mi

pipa de la marca Star. La fábrica está cerca de mi casa, en el barrio de las Bellas Artes, pero sé que hay otra en Holy Spirit. Y si empieza por D, tendremos la certeza de que el secuestrador anda por esa zona.

Dupin saboreó una calada de su pipa.

—Pediré a uno de mis hombres que vaya buscando todos los puntos de venta de tabaco de Boston y sus marcas.

La última pista que teníamos, el nombre que Vincent Brown había pronunciado antes de fallecer, Peter, no nos llevó a ningún lado. Era uno de los nombres más comunes que existían. Decidimos simplemente retener el dato y volver a la pista de la marca de tabaco, pues al inspector acababan de entregarle la información que había solicitado.

Yo hice una lista con los nombres de las tabaqueras y su marca identificadora.

MARCAS DE TABACO EN BOSTON

1) Star: se identifica con una estrella.
2) Bostonone: se identifica con la letra B.
3) Cubanat: se identifica con la letra C.
4) Navy: se identifica con un barco de guerra.

Ninguna empezaba con la letra D. En el barrio de Holy Spirit sí había una empresa de tabaco, pero era la Bostonone.

—Quizás el asesino de Vincent fuma tabaco de otra ciudad o extranjero —argumentó Dupin.

Era una posibilidad. En cualquier caso, el inspector y yo nos quedamos bastante desanimados.

Tal vez por ello llegué a mi casa malhumorado.

A la noche, como hacía desde que desapareció, estuve asomado a la ventana esperando a mi amigo Neverland. ¿Y si no regresaba? Mi cuervo se llamaría entonces Nevermore… ¿Dónde se habría metido? Lo echaba de menos. ¿Y si le había sucedido algo malo?

Aprovechando mi distracción, Robert Allan entró sigilosamente en mi habitación con la intención de sustraer de mi carpeta el trabajo trimestral que debía entregar en clase. Había elegido como tema de estudio los distintos tipos de embarcaciones del puerto de Boston. En la portada había escrito la palabra «BARCOS» en grandes letras. Ya lo tenía en sus manos cuando un ruido me alertó y me di la vuelta.

—¡Este trabajo ahora es mío! —se burló mi hermanastro.

Yo estaba tan furioso que le hubiera machacado, pero él me ganaba por edad y por fuerza.

—¡Devuélvemelo! —le grité acercándome.

Él me empujó tirándome al suelo y acto seguido rasgó en 2 partes mi trabajo. Desde el suelo observé cómo la portada de mi trabajo, rasgada en 2 partes, justo por la mitad de la letra B de «BARCOS», volaba hasta mis pies. La B se había convertido en dos letras D. En ese momento apareció mi madrastra. Yo todavía estaba embobado escrutando esa B convertida en D. Pensé en el caso que estábamos investigando. ¿Y si la minúscula D de la colilla que habíamos encontrado era en realidad la mitad de una letra B? Estaba tan absorto con esa idea que ni siquiera me di cuenta de que mi madrastra me estaba defendiendo.

—Edgar, tu hermano te va a pedir perdón por haberte roto el trabajo.

Con desgana y empujado por mi madrastra, Robert Allan masculló la palabra «perdón». Yo apenas le escuché. Recordé que una de las marcas de tabaco era la de Bostonone y que esa fábrica estaba, precisamente, en el barrio de Holy Spirit.

Al día siguiente, antes de ir a la escuela pasé por la central. El inspector llegó al mismo tiempo que yo y en la puerta le comenté orgulloso lo que había deducido. Dupin me felicitó por lo que había descubierto de la letra partida y me animó a que le acompañara a la fábrica, en el barrio de Holy Spirit. Además me dijo que el experto en botánica había confirmado que la brizna verde encajaba con las hojas de arce rojo.

—Lo siento, inspector, ya me gustaría, pero mi hermana y yo tenemos que ir a la escuela.

El inspector me dijo que enviaría a uno de sus ayudantes a hablar con el director de mi colegio para excusar por unas horas mi ausencia, diciéndole que yo le estaba ayudando en el caso de los secuestros.

—No te preocupes, no dirá nada a tus padres —y rectificó—: Perdón, a tus padrastros.

Agradecí que se hubiera corregido.

—Además, le diré a Kevin que acompañe a tu hermana.

El inspector y yo fuimos directos a Bostonone, la tabaquera situada en el barrio de Holy Spirit. Se trataba de una pequeña fábrica que comercializaba en exclusiva sus productos. Nos recibió un hombre de edad avanzada y muy afable. Nos enseñó las instalaciones. En la parte trasera de la fábrica, había un secadero de tabaco. Nos dijo que tenía clientes fijos, pero que algunos residían en otros barrios e incluso eran de otras ciudades. Le preguntamos si entre sus clientes recordaba a una mujer de unos 40 años, probablemente rubia, alta y corpulenta. El hombre negó con la cabeza y nos confirmó que era muy extraño que una mujer fumara.

Las mujeres fumadoras eran una minoría. Y la que nosotros buscábamos no habría pasado desapercibida. Nos facilitó una lista con todos sus clientes del barrio de Holy Spirit.

Salimos pensando que deberíamos buscar a dos sospechosos: un hombre y una mujer. Nos encontrábamos en un pequeño mirador desde donde se divisaba el cementerio de Holy Spirit y gran parte del barrio, con sus típicas tiendas: lechería, panadería, frutería, sastrería… y hasta una bacaladería, y de pronto me dieron náuseas al pensar que mi madrastra no tardaría en volver a preparar bacalao para cenar. Muchos locales tenían sus almacenes detrás. ¿Podrían continuar en alguno de ellos con vida los tres niños secuestrados?

Clavé los ojos en Dupin y noté que también estaba muy preocupado.

Mientras regresábamos en el coche de caballos, pensé que nuestra visita a la fábrica de tabaco había resultado inútil. Miré a Dupin con sentimiento de culpabilidad, como si le hubiera hecho perder el tiempo.

CAPÍTULO 11

LA CLAVE ESTÁ EN LA GORRA

En cuanto llegué a mi casa esa tarde supe de inmediato qué íbamos a cenar. Mi nariz reconoció el olor repugnante del bacalao en salazón. Qué mala suerte. De repente, mi corazón se aceleró. ¡Por mis muertos! Posiblemente, en ese preciso instante, yo, Edgar Allan Poe, estaba a punto de resolver uno de los casos más escalofriantes que recordaría el mundo. ¡Y todo gracias a mi madrastra! Acababa de identificar el olor que desprendía la gorra de fieltro del primer niño desaparecido: ¡bacalao! Y en nuestra visita a Holy Spirit de esa mañana había visto una bacaladería. ¡Tenía que averiguar si allí ocultaban a los niños secuestrados!

Me comí el guiso de bacalao a una velocidad tal que mi madrastra pensó que por fin me gustaba. Ya en mi cuarto, no podía dormir. Me apetecía compartir mis deducciones con Neverland, pero seguía sin dar señales de vida, lo que me hacía temer lo peor. Finalmente decidí que, antes de hablar con

Dupin de mi descubrimiento, confirmaría mi teoría para no hacerle perder el tiempo.

Salí dos horas antes de mi de casa y me dirigí al barrio de Holy Spirit. En total, di 16.208 pasos. Localicé la fábrica de tabaco Bostonone, donde había estado con Dupin, y desde allí divisé mi objetivo. Me detuve frente a la fachada esperando a que abrieran y aproveché para estudiar el edificio. Era una especie de mansión en decadencia reconvertida en tienda; debía de servir de vivienda y almacén también, porque era muy grande. Luego aguardé a que entrara algún cliente por temor a estar a solas. Entré 5 segundos después de que lo hiciera una señora.

El olor a bacalao era insoportable. En las estanterías colgaban ristras de bacalao seco y había cubetas blancas con agua en las que el bacalao se esponjaba. Me dirigí al mostrador donde, por desgracia, la mujer ya estaba sacando el dinero para pagar el encargo que debía de haber hecho. Vi una caja de puros de la marca Bostonone. Tragué saliva. Fue entonces cuando oí acercarse a alguien desde el interior. No se trataba de una mujer, sino de un hombre. Era alto y corpulento.

—¿En qué puedo ayudarte? —me preguntó una vez la clienta se marchó con prisas.

Noté como latía la vena de mi cuello.

—Perdone, señor..., señor..., señor... —balbuceé atemorizado.

Él acabó mi frase:

—Señor Peterson, Carl Peterson.

Al oír ese nombre ya no tuve dudas: Peterson. El nombre que había pronunciado Brown antes de morir no era Peter, sino Peterson, pero las fuerzas no le habían permitido pronunciar el apellido completo. Eso significaba que el hombre que estaba frente a mí era, con toda probabilidad, el que había asesinado a Vincent Brown y quien se hallaba tras la misteriosa desaparición de los 3 niños. Carl percibió mi evidente nerviosismo.

—¿Se puede saber qué quieres, muchacho?

Me costaba respirar y no sabía cómo escapar de allí. El hombre había salido de detrás del mostrador y me cortaba ahora la salida.

—Na-na-nada, solo he venido a comprar bacalao, pero he olvidado el dinero —mi voz era un hilo débil—. Ahora… enseguida vuelvo…

Con un gesto rápido, Peterson me inmovilizó sujetándome por los brazos.

—No me lo creo —me apretó más—. Dime qué andas husmeando por aquí.

Asustado, logré reaccionar y darle una patada en la espinilla. Intenté salir corriendo de la tienda, pero él alargó su manaza y me empujó violentamente contra unas cajas. Sentí un fuerte golpe en la cabeza y de pronto todo a mi alrededor estaba negro. No recuerdo nada más.

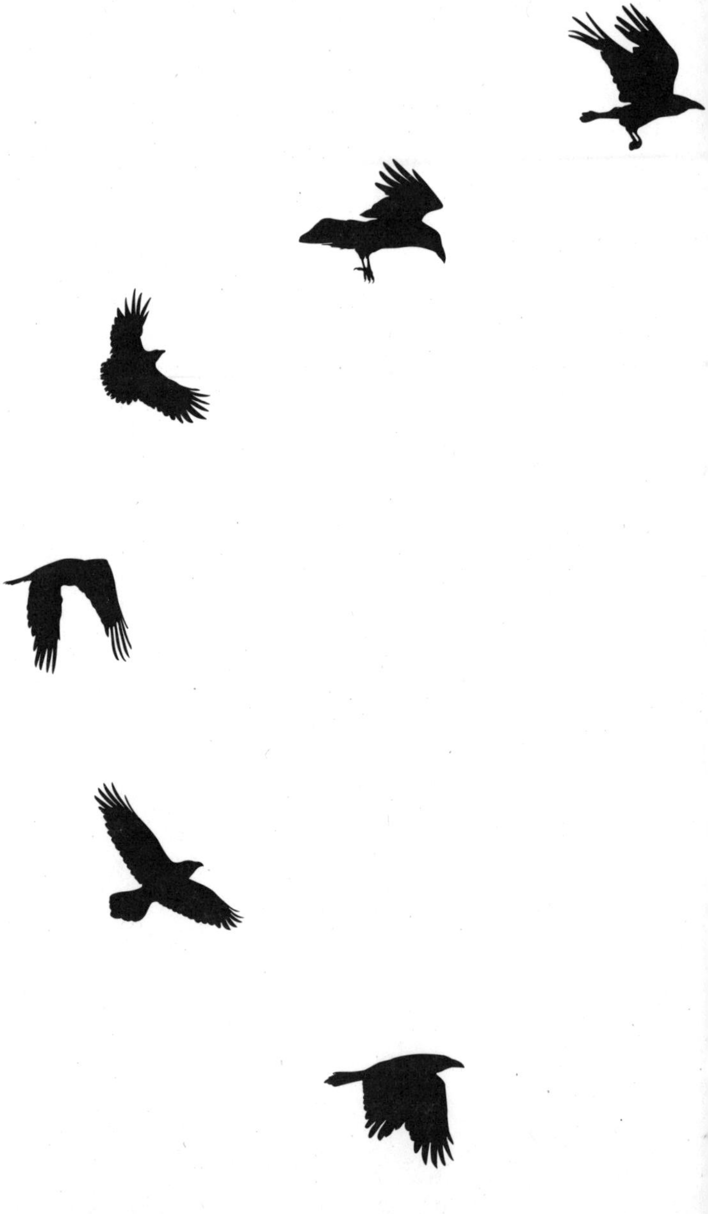

CAPÍTULO 12

LA CASA DEL TERROR

Cuando abrí los ojos, la cabeza me daba vueltas y me dolía todo el cuerpo. Estaba en una especie de jaula. Naturalmente, no sabía cómo había llegado a ese lugar. Miré a mi alrededor. Todo se encontraba en penumbras. Me asomé entre los barrotes; al fondo del pasillo percibía una débil luz. ¿Dónde me encontraba? Hacía frío. El suelo de piedra estaba mojado y la humedad estaba calando en mis huesos. Tomé la manta raída de pelo de oveja que había sobre un catre y me tapé con ella. Continuaba oliendo a bacalao. De repente noté un cosquilleo en mi pierna izquierda y la sacudí con aprensión. ¡Era una pestilente rata! Por suerte salió de la jaula instantes después. ¡Por mis muertos, qué lugar tan horrible!

—¡Socorro! —pedí ayuda.

Alguien debió de oírme porque inmediatamente escuché pasos. Por desgracia, era Carl Peterson.

—O te tranquilizas o te mato.

—¿Por qué me ha encerrado? ¿Qué va a hacer conmigo?

—Cállate —bramó furibundo.

Carl sonrió cruelmente, dejándome ver su inmensa boca. Sus ojos se habían llenado de odio. Con parsimonia, sacó una llave y abrió el cerrojo de la celda. Avanzó dos pasos hacia mí.

—Si te portas bien y me eres útil, te dejaré vivir.

—¿Qué quiere de mí? —mascullé.

—Quiero tus lágrimas —respondió.

¿Mis lágrimas? ¿Qué estaba diciendo? Yo no entendía nada. Carl Peterson me agarró de un hombro para sacarme de la jaula. Recorrimos el estrecho pasillo. Debíamos de estar en el sótano del edificio, bajo la tienda de bacalao. A izquierda y derecha había unas puertas, cada una con un nombre, y no eran demasiado amigables, la verdad: HABITACIÓN DEL PÉNDULO, HABITACIÓN DEL GARROTE VIL, HABITACIÓN DEL POTRO…

—¿Qué son estas habitaciones? —pregunté horrorizado.

Por toda respuesta, abrió una puerta más grande al final del pasillo y me empujó dentro. Tras unos segundos para acostumbrar mis ojos a la oscuridad, vi a dos niños acurrucados en el suelo. Imaginé que se trataba de Michael Bloom y de Daniel Faust. Sus ojos denotaban tristeza y miedo. No hablaban. Su aspecto era sucio y andrajoso. ¡No podía imaginarme lo que debían de haber sufrido! Intenté animarlos.

—¿Michael?, ¿Daniel? ¿Sois vosotros?

Afirmaron tímidamente con la cabeza y yo los abracé. Michael se hallaba en los huesos. Les dije al oído que toda la policía de Boston los estaba buscando.

Al mismo tiempo miraba a mi alrededor buscando a Sophia Prims, hasta que por fin distinguí un bulto en un rincón. Era ella. Me fijé en que iba descalza y pensé en el botín rosa que habíamos encontrado. Me apresuré a acercarme sin soltar a los otros dos chicos y puse mi mano sobre ella. ¡Estaba viva! Sollozaba, y de la alegría la abracé con todas mis fuerzas.

—Todos te echan de menos, tus compañeras... Soy el hermano de Rosalie, la amiga de Laura...

Tras unos emotivos minutos, les supliqué que me explicaran qué ocurría y qué les había hecho ese hombre.

Daniel Faust esbozó una amarga sonrisa.

—Nos obliga a derramar lágrimas. Para conseguirlo, nos amenaza con torturarnos en las habitaciones del terror.

Le interrumpí completamente atónito. ¿Qué diablos significaba esa obsesión por las lágrimas? ¿Qué clase de sádico era capaz de torturar a unos niños? ¡Por mis muertos, no daba crédito!

Daniel intentó explicarse mejor:

—En cada una de las habitaciones hay un instrumento de tortura. Cada día nos lleva a una diferente. Si no lloramos enseguida, empieza a hacernos daño hasta que consigue llenar de lágrimas un frasquito.

El pequeño Michael se atrevió a intervenir:

—Ayer me tocó ir a la habitación del péndulo.

Me hizo estirar en una camilla y se puso a describirme en qué consiste esa tortura.

Cerró los ojos para recordar.

—Sobre mí había una navaja gigante colgando de una cuerda. Estaba arriba, en el techo, pero de pronto la cuerda comenzó a oscilar de izquierda a derecha al tiempo que iba bajando. La navaja se acercaba y ese hombre malo iba diciendo cómo me haría cortes cada vez más profundos hasta atravesar del todo mi cuerpo si no lloraba lo suficiente.

—Peor es la habitación del garrote vil. Fue horroroso —dijo Sophia—. Te sientas en una silla y te pone una tira de cuero alrededor del cuello. Detrás hay un torniquete que va apretando la tira hasta estrangularte y a la vez notas como un hierro se te clava en la nuca. El otro día me empezó a apretar el cuello porque no lloraba. Suerte que al final pude llorar y entonces paró.

—No me extraña que tenga un nombre tan terrible: garrote vil —añadió Daniel.

Yo me sentía cada vez peor oyendo esas torturas. Me entraron ganas de vomitar. Michael Bloom, el más pequeño de nosotros, gimió.

—Para mí, la peor de todas es la tortura de la gota china —siguió hablando el mayor de los tres secuestrados—. Te inmoviliza la cabeza con una cuerda también en una silla y desde arriba va dejando caer agua, lentamente, gota a gota, sobre tu cráneo. Al principio creí que había tenido suerte, porque parece inofensivo, pero poco a poco la sensación se convierte en insoportable. Es como si te perforaran el cerebro.

—Cuesta muchísimo llenar el frasco de lágrimas —prosiguió Michael—, pero si lo consigues, detiene la tortura y te deja en paz hasta el día siguiente. Así he sobrevivido muchos días…

—Está loco —balbuceé—. ¿Y para qué quiere las lágrimas?

Los tres negaron con la cabeza.

—No lo sabemos —verbalizó el mayor.

Me temblaban las piernas. Me imaginé víctima de esos horrores y exclamé:

—¡Tenemos que escapar de aquí!

—¡Como si fuera tan fácil! —dijo Sophia.

—¡Nunca lo conseguiremos! —terció Michael.

—¡Silencio! —nos pidió Daniel, y añadió—: He oído un ruido en el pasillo. Creo que nos traen la comida. Desde hace poco, hay una mujer que nos prepara la comida y al menos nos permite estar juntos mientras comemos, pero apenas se ha dejado ver.

Sin duda se refería a la mujer alta y fornida que los testigos habían visto. ¡Su cómplice! La mano de la mujer abrió la celda donde nos encontrábamos y por fin pude ver su rostro. Pero no era ni alta ni fornida.

¡Yo conocía a esa mujer!

CAPÍTULO 12+1

MI PRIMERA TORTURA

Me quedé de piedra al ver a ¡¡¡Barbara Lance!!! Y a ella le pasó lo mismo. Tenía muy mal aspecto. Iba despeinada, con la ropa sucia y el rostro demacrado, nada que ver con la profesora cursi y siempre tan arreglada que conocía. ¡Por mis muertos, todavía no daba crédito a que estuviera allí! Llevaba una bandeja con comida que entregó a Daniel, quien repartió los platos y me tendió uno a mí. ¡Cuatro raciones de guiso de bacalao con pan! Mis compañeros de cautiverio se pusieron a devorar la comida. Se notaba que estaban hambrientos. Mientras ellos comían, la señorita Lance y yo nos miramos todavía atónitos. Entre lágrimas, reconoció que Carl Peterson era su novio.

—Era comerciante y se pasaba gran parte del año viajando y aprendiendo de otros países. Últimamente se centró en Japón y China, pero me había prometido que pronto se instalaría en Boston definitivamente. Al principio era el hombre más atento del mundo. Sin embargo, se obsesionó con enriquecerse, con encontrar el negocio que nos permitiría casarnos y vivir lujosamente… Y entonces cambió. Cada vez estaba más y más raro. Hace unas semanas, cuando se suponía que estaba de viaje, me pareció verlo por la calle. Decidí seguirle hasta que le perdí en el cementerio de Holy Spirit. Desde entonces, no dejé de rondar este barrio y por fin le vi y me encaré a él. Me aseguró que no me había avisado de su presencia en la ciudad porque estaba preparando una sorpresa para mí, que estaba a punto de conseguir el éxito, que tenía un plan…

Mi profesora rompió en un llanto conmovedor. Me miró y me dijo:

—Había enloquecido, Edgar. Sus ojos eran de loco. Nada de lo que me decía tenía sentido, y fue entonces cuando comencé a sospechar de él…

La mujer se sonó ruidosamente y confesó:

—Una de las veces en que lo seguí, le pillé saliendo de aquí disfrazado de mujer. Lo reconocí sin dificultad por su envergadura, a pesar de que llevaba una peluca rubia, bufanda y un abrigo largo.

Yo escuchaba a la profesora atónito.

—Cuando secuestraron a la pequeña Sophia Prims y leí en la prensa que la policía sospechaba de una mujer alta, rubia y de complexión fuerte, no pude evitar pensar en mi novio, aunque a la vez rechazaba la sospecha…

Fue entonces cuando intentó hablar conmigo. Había notado que yo conocía al inspector encargado de dirigir la investigación. Sin embargo, cuando estaba a punto de acudir a la cita en la Puerta del Diablo, Peterson la secuestró a ella.

—Yo estaba furiosa, humillada, horrorizada… Ya en esta casa, acabó contándome la escalofriante verdad. Insistía en su locura de que íbamos a ser ricos. Al parecer, estando en Japón había conocido a un hombre que vendía una crema para rejuvenecer. Valía una fortuna, en parte debido a su ingrediente principal: lágrimas de niños. Esas gotas de tristeza, mezcladas con colágeno y aceite de coco, formaban una crema para rejuvenecer cuyos resultados eran sorprendentes. Según me dijo, era muy apreciada en Japón. Regresó decidido a fabricar la poción aquí con lágrimas de niños y exportarla a Oriente. Adquirió esta vieja mansión y montó una tienda de bacalao como tapadera, ya que ocultaba los olores de sus experimentos. Y para que los niños llorasen, adquirió instrumentos de tortura. ¡Una auténtica mansión de los horrores!

La profesora de Gramática negó con la cabeza.

—Admitió que tenía ya a tres niños secuestrados produciendo lágrimas, como si fuesen ganado. Presumió incluso de haberlos elegido porque eran muy sensibles.

Los ojos de la profesora estaban vidriosos, pero continuó desahogándose conmigo.

—Por supuesto, traté de hacerle entrar en razón. Le insistí en que tenía que liberar a los niños y entregarse a la policía. ¡En qué hora! En cuanto pronuncié la palabra «policía», me golpeó violentamente, me dijo que le había defraudado, que era una tonta mujer que no entendía su visión de los negocios, que mi lugar sería por tanto la cocina….

Aproveché su pausa para preguntar algo que me tenía intrigado:

—¿Y por qué se disfrazaba de mujer?

Barbara Lance se encogió de hombros.

—Imagino que aparentando ser una señora de edad le era más fácil convencer a los niños para que le acompañaran o para que nadie le reconociera.

De golpe noté como se ponía tensa. Inmediatamente oí a Carl Peterson.

—¿Qué haces tanto rato ahí? ¿Todavía no han comido? —preguntó de mala manera—. ¿Ves como tengo que encargarme de todo?

Mis compañeros de prisión gimieron y yo di los últimos bocados por si acaso debía acumular energías. Cuando llegó, me miró a mí notando que aún tenía la boca llena.

—Tú serás el primero. Prepárate. En diez minutos te quiero listo.

Carl se alejó a paso rápido. Yo estaba aterrorizado. Tenía que hacer algo. Pero… ¿qué? Me dirigí a Barbara Lance:

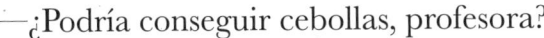

—¿Podría conseguir cebollas, profesora?

Barbara Lance asintió con la cabeza entusiasmada. Lo entendió enseguida.

—¡Es una idea estupenda, Edgar! —susurró—. Las cebollas te hacen llorar. Os daré media cebolla a cada uno y os acercaréis disimuladamente sus pieles a vuestros ojos en cuanto estéis en las habitaciones de tortura.

La profesora se dirigió a la cocina que estaba al fondo. Instantes después regresó con cuatro cebollas partidas, y de regalo unas manzanas que escondimos en el camastro.

No nos dio tiempo a más. Carl Peterson, con el aliento apestando a alcohol, regresaba.

CAPÍTULO 14

EL GARROTE VIL Y EL MONSTRUO DE 8 PATAS

Carl me agarró del brazo y me arrastró a la fuerza. Nos detuvimos frente a la habitación del garrote vil.

—No sé si tus compañeros te han hablado de lo que se espera de ti tras esta puerta.

¡Por mis muertos, claro que recordaba lo que me habían dicho! Tenía clavadas las palabras de Sophia.

Me senté en la silla y al segundo protesté.

—Pare, por favor, que ya tengo ganas de llorar.

Carl soltó una carcajada.

—¡Pero si todavía no te he hecho nada! ¡Qué éxito! Venga, llora o te apretaré el pescuezo de verdad y te taladraré la nuca.

Aproveché que estaba a mi espalda para sacar una de las cebollas. Con los dedos deshacía las capas de la cebolla, las arrimaba a los ojos y las dejaba caer con disimulo. O mucho me equivocaba, o ese psicópata no barrería el suelo, así que no las vería.

Afortunadamente, cuando plantó su cara frente a la mía comprobó que lloraba. Como un avaro que no quiere desperdiciar ni una gota de un preciado tesoro, se apuró a recogerlas. ¡Solté exactamente 23 lágrimas! Incluso me felicitó. Me levanté de la silla sin haber sufrido ni un rasguño.

No obstante, tenía que pensar algo para salir de aquel lugar terrorífico.

Esa noche apenas dormí. Me ahogaba en aquella jaula minúscula que me hizo recordar el ataúd donde mi padrastro me había encerrado. El frío, además, era insoportable. Me envolví en la manta de pelo de oveja. Mi mente iba a la velocidad del rayo. ¿Y si no lograba salir nunca de aquel lugar? ¿Me encontraría pronto Auguste Dupin? ¿Y si nos mataba antes? Pensé en mi hermana Rosalie y en William Henry. Pensé en mi madre adoptiva y añoré sus sus galletas de mantequilla. Y, por supuesto, tuve un pensamiento para mi fiel cuervo Neverland, al que había alejado de mí con mis gritos. Me prometí que, si salía de esta, nunca más volvería a chillarle.

Más calmado, me estiré en el catre y cerré los ojos para recordar a mi verdadera madre. Qué hermosa era, me besaba una y otra vez. Y mientras empezaba a sentir el calor de su amor y de la manta peluda, esbocé una tímida sonrisa, porque acaba de tener una idea basada en mi susto número 1. Era muy infantil, el primero que se me había ocurrido de pequeño, pero me había dado buenos resultados en el orfanato.

Al día siguiente, cuando nos volvieron a reunir para alimentarnos, expliqué mi plan con detalle. Al principio me miraron escépticos; luego, esperanzados; después, cómplices y entusiasmados. Lo repasamos lo mejor que pudimos, porque lo pondríamos en marcha… en unas horas.

Esa madrugada, cuando supuse que Peterson dormiría, me incorporé de mi catre. Había desmontado previamente la hebilla del cinturón de mi pantalón y usaría la pequeña barra metálica como llave. Agradecí al cielo que Rudy Gigant hubiera sido ladrón antes de trabajar en la funeraria y que me hubiera enseñado a abrir cerrojos. Introduje la barra en el agujero de la llave y tras 4 intentos logré abrir.

Salí de la jaula con la manta de pelo de oveja y, rápidamente, me dirigí a las otras celdas. Una tras otra, forcé las cerraduras y liberé a Michael, a Daniel, a Sophia y a Barbara Lance.

Nos colocamos todos juntos, uno detrás de otro, encajados con nuestro torso inclinado 90 grados, como cuando jugábamos a saltar en el patio. La señorita Lance nos ayudó a colocar encima de nuestras espaldas las mantas hasta taparnos totalmente. Si funcionaba como en mi infancia, pareceríamos un monstruo peludo de 8 patas, una oruga gigante que emitía extraños sonidos de ultratumba, algo en lo que yo tenía mucha práctica y muy fácil de aprender. La penumbra del sótano, apenas iluminado por una lámpara de gas, ayudaba a crear un ambiente más terrorífico.

Nuestro siguiente objetivo era más arriesgado: debíamos conseguir que nuestro carcelero se asustara tanto al vernos que saliera aterrorizado, momento que aprovecharía Barbara Lance para robarle el juego de llaves.

Por suerte, el truco funcionó, aunque confieso que ni siquiera puedo explicar cómo pasó ni adónde corrió. Debajo de las mantas no veíamos casi nada, pero sí pudimos oír sus gritos de pánico. Barbara nos contó más tarde que parecía que los ojos se le salían de las órbitas. Sin duda sus remordimientos de conciencia nos ayudaron. Pero ella tampoco se entretuvo: en cuanto consiguió las llaves, nos fue abriendo puertas hasta alcanzar la calle.

Qué alivio sentir el aire. Es indescriptible el placer que produce algo tan sencillo y natural cuando

se ha estado privado de ello. Los 5 respiramos hondo. Pronto amanecería. Nos abrazamos con lágrimas en los ojos, aunque esta vez eran de alegría.

¿Quién me iba a decir que un día me sentiría dichoso abrazado por mi profesora de Gramática?

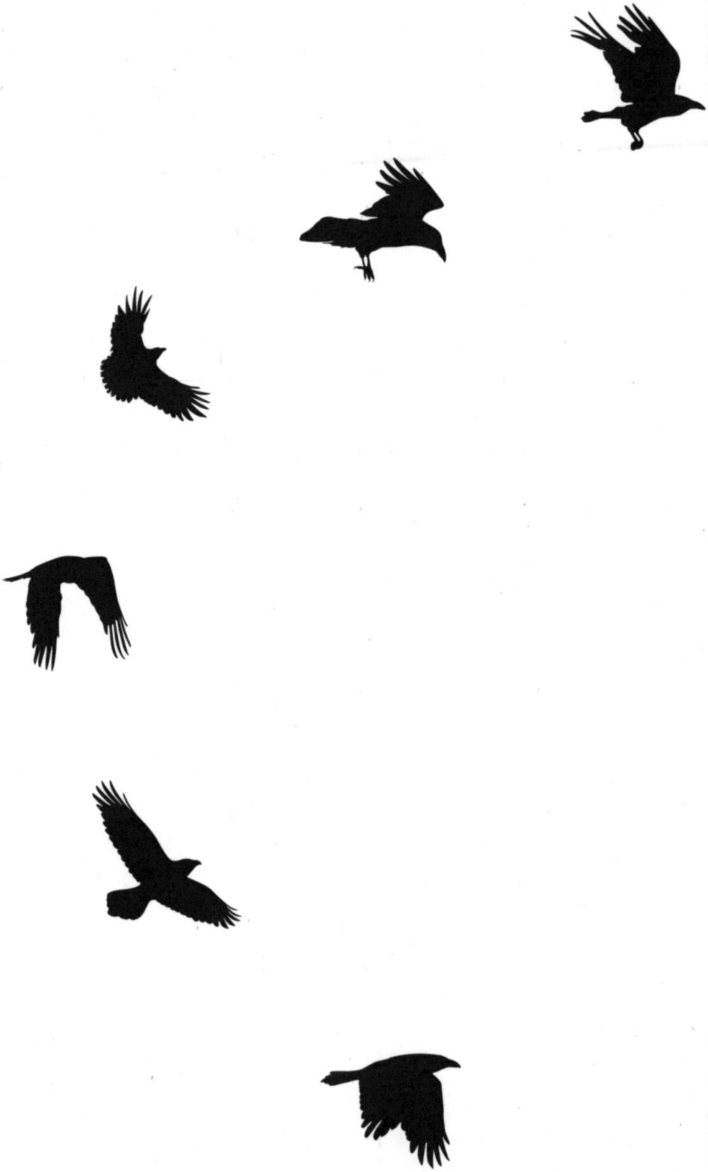

CAPÍTULO 15

UN FINAL SORPRENDENTE

Por sugerencia de Barbara Lance, secundada por mí, lo primero que hicimos fue dirigirnos caminando a la Jefatura de Policía. En total di esta vez 16.534 pasos. Tardamos 2 horas y 5 minutos en llegar. En el trayecto apenas hablábamos. Queríamos disfrutar de lo que nuestros ojos veían, de nuestra libertad, de estar al aire libre, de la luz del día abriéndose paso entre las nubes.

En cuanto entramos en el vestíbulo de la central, todos nos miraron boquiabiertos. Habían reconocido a los 3 niños secuestrados.

Kevin no pudo decirme ni hola. Tenía la boca tan abierta que se le podía haber desencajado la mandíbula, así que optó por ir a avisar a Dupin, que, alarmado, vino corriendo. Y comenzaron las exclamaciones, los abrazos, las preguntas y las explicaciones. Viendo que los tres niños se encontraban sanos y salvos pero bajo el impacto de la experiencia vivida, enseguida ordenó a sus hombres que acompañaran a cada uno en un carruaje a reunirse con sus padres. Ya habría tiempo de declaraciones.

Barbara Lance y yo nos quedamos en comisaría para contarle al inspector todo lo que había sucedido. La profesora se sentía muy culpable de no haber denunciado antes a su novio. El inspector la tranquilizó:

—Usted ha sido otra víctima. Aquí el único culpable es el hombre que ha secuestrado a esos niños. No tema nada. Le pondré protección hasta que ese criminal haya sido arrestado.

Y por fin me quedé solo con mi amigo. Tras contarle a Dupin cómo había deducido dónde estaba el escondite de los niños secuestrados, primero me felicitó. Sin embargo, después me regañó por haber ido a la tienda sin protección.

—Te has jugado la vida —me recriminó muy serio—. Llevo dos días muy preocupado.

Pensé que estaba realmente enfadado, pero al instante se incorporó para darme otro abrazo. Por supuesto, insistió en acompañarme a casa personalmente para hablar con mis padres adoptivos.

Mi madrastra lloraba emocionada. Me besó más de 50 veces. Tras estar dos días sin saber de mí, pensaba que me había perdido. Me rodeó con sus brazos durante una eternidad y derramó, como mínimo, 60 lágrimas. Lo reconozco: se me pasó por la cabeza que ella sí que le hubiera gustado al malvado Peterson. Lo mejor de todo fue que para celebrar mi regreso se puso a preparar un montón de galletas de mantequilla.

Ese mismo día Carl Peterson fue detenido en el Banco Central de Boston, adonde había ido a buscar dinero para huir de la ciudad. Barbara Lance le había dicho a Dupin en su declaración que ahí tenía una cuenta con sus ahorros, y desde que abrió el banco varios policías vestidos de paisano le esperaban para detenerle.

Su confesión aportó pocas novedades para mí. Quizás lo que más me llamó la atención fue saber que la idea de martirizar a los niños la tuvo cuando pasó por Inglaterra en uno de sus viajes y supo que habían detenido a un hombre que secuestraba a niños para probar diversos instrumentos de tortura. También se desveló que era amigo de una de las sirvientas de la casa de los padres de Michael. Ella fue quien le dijo que era un niño mimado y consentido

que lloraba por todo. Asimismo, Peterson conocía al padre de Daniel Faust de la infancia. Él mismo le había dicho que su hijo era tan sensible que cualquier cosa le hacía llorar.

En cuanto al asesinato de Vincent Brown, al parecer le había pagado a este para que diera un testimonio que confundiera a la policía. Para dar más credibilidad a su declaración, le entregó la gorra de fieltro de Michael Bloom. Cuando Kevin y yo fuimos a hablar con él, se puso muy nervioso y cometió el error de ir a ver a Peterson, quien vio que Brown ya no era de fiar y decidió matarlo.

Cuando regresé a la escuela, fui recibido como un héroe. Un héroe raro. Me gustó sentir esas muestras de admiración. Y cuando Laura Griffin me besó a la entrada, me puse rojo como un tomate, lo que hizo que tanto ella como mi hermana se rieran de mí.

—¿A que sí te gusta Laura? —me susurró mi hermana Rosalie.

—Déjame en paz —dije, y me alejé de las dos chicas a paso raudo.

No había recorrido 5 pasos del pasillo cuando me topé con Barbara Lance. Se acercó a mí y me estampó un gran beso en la mejilla. Muchos de mis compañeros presenciaron esa muestra de cariño conteniendo la risa. Por un segundo deseé que la tierra se me tragase, pero, después de todo lo que había hecho por mí, me dejé querer por un día. Ya volvería a mis bromas y me reiría de nuevo de sus frases cursis.

Aquel día había otra persona que se sentía especialmente dichosa en mi escuela: Ann Briane. Según explicó a la hora de comer, el Ayuntamiento había cancelado la captura de gatos. Se habían dado cuenta de que eran la mejor manera de mantener a raya la plaga de ratas.

Y todavía me faltaba otro abrazo al salir de clase: el de Charlie, quien estaba encantado conmigo. Ahora que habían detenido al secuestrador, volvía a trabajar. Me dio un abrazo tan grande que casi me rompe los huesos y, como agradecimiento, me entregó un pastel de chocolate y mantequilla que su madre había preparado especialmente para mí.

Dupin cumplió su promesa y me entregó la recompensa. El dinero lo escondí dentro del colchón, una vez descosido y cosido de nuevo. Estaba seguro de que Robert Allan no lo encontraría, aunque todavía tenía pendiente recuperar los ahorros que ya me había robado.

Fue esa noche, a punto de meterme en la cama, cuando oí un ruido en la ventana. Me incorporé algo asustado, pero... era Neverland. ¡Era mi querido cuervo!

—¡Neverland! Te he echado tanto en falta todos estos días. ¡Te quiero! ¿Me has perdonado por haberte gritado? ¿Dónde has estado? ¡No me lo hagas NUNCA MÁS!

Naturalmente, a todas mis preguntas él solo respondió: «Neverland».

Le di 20 avellanas antes de despedirnos y me fui a dormir muy satisfecho. Busqué la medalla de porcelana con el retrato de mi madre y acaricié su superficie con la yema de mi dedo mientras me relajaba. Pensé que estaría muy orgullosa de mí.

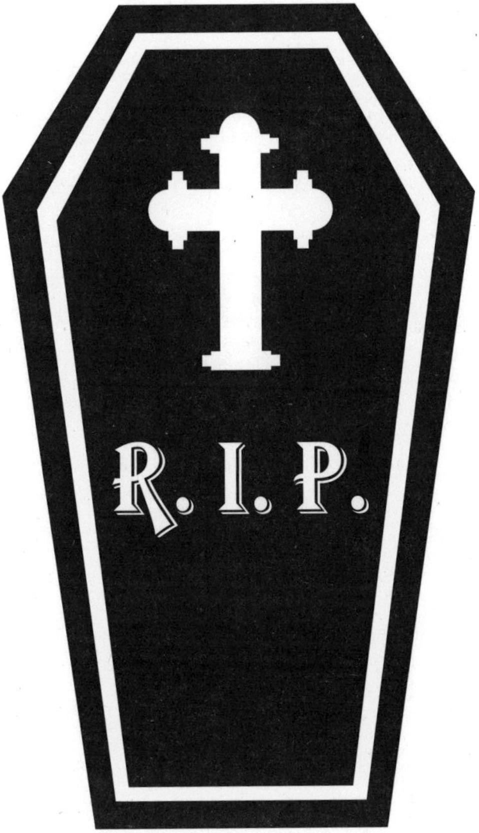
R. I. P.

El joven POE

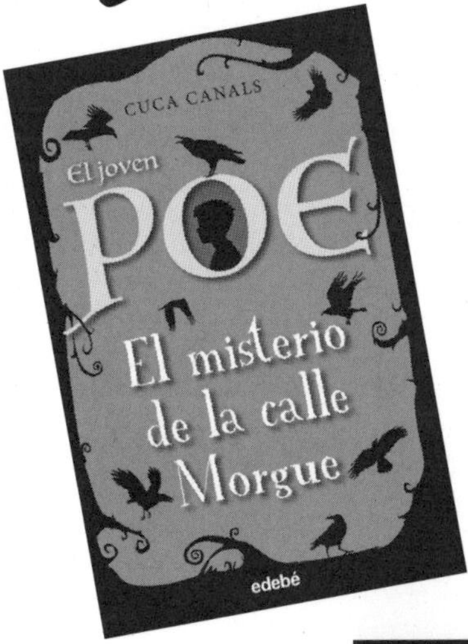

CUCA CANALS
El joven
POE
El misterio de la calle Morgue
edebé

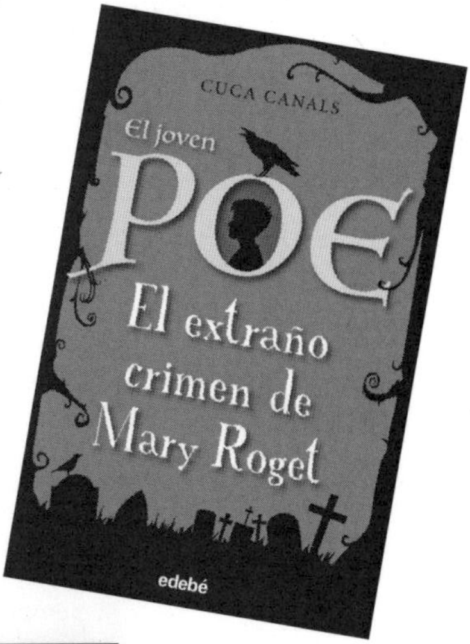

CUCA CANALS
El joven
POE
El extraño crimen de Mary Roget
edebé

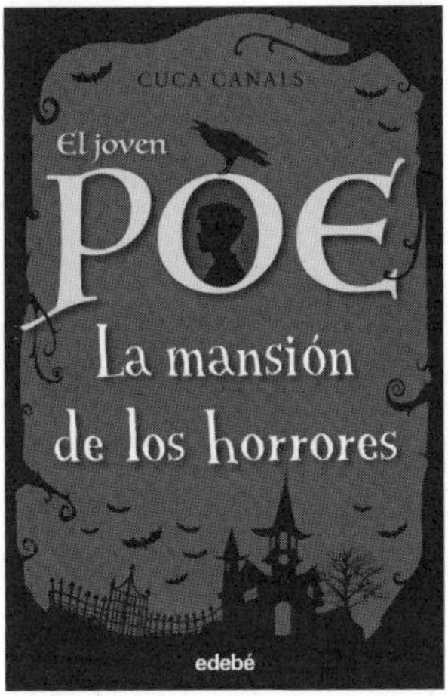

CUCA CANALS
El joven
POE
La mansión de los horrores
edebé